黑的寂静，白的喧嚣
青春的美，老去的哀
"只有文章最久坚"
晨曦泡上一杯茶
神交古人
畅游书海
追老子高远
学孔子正大
修释迦顿悟
拜智慧始祖
境归空，念归淡
心远乃是清凉地
闹市隐居云海边

心远斋诗摭

心远斋诗摭

陈晓林　著

黑龙江人民出版社

图书在版编目（CIP）数据

心远斋诗撷／陈晓林著. — 哈尔滨：黑龙江人民
出版社，2018.5
ISBN 978 – 7 – 207 – 11352 – 8

Ⅰ.①心⋯　Ⅱ.①陈⋯　Ⅲ.①诗集—中国—当代
Ⅳ.①I227

中国版本图书馆 CIP 数据核字（2018）第 099839 号

责任编辑:吴英杰
封面设计:鲲　鹏

心远斋诗撷

陈晓林　著

出版发行　黑龙江人民出版社
地　　址　哈尔滨市南岗区宣庆小区 1 号楼
邮　　编　150008
网　　址　www. longpress. com
电子邮箱　hljrmcbs@ yeah. net
印　　刷　永清县晔盛亚胶印有限公司
开　　本　787×1092　1/16
印　　张　18.25
字　　数　300 千字
版　　次　2018 年 5 月第 1 版　2021 年 6 月第 2 次印刷
书　　号　ISBN 978 – 7 – 207 – 11352 – 8
定　　价　58.00 元

心远斋诗摭

　　转眼间,踌躇满志的蓬勃少年,已是满头白发,累积了感慨万千的经历与阅历,也有了闲暇。于是,接续了中断多年的写作。在出版了散文集《纸上声》(生活·读书·新知三联书店,2013年版)后,又尝试写了这些分行的文字。这应该是诗,又不敢称作诗,更不奢望忝列诗人的队伍,有愧诗与诗人之神圣。

　　既敬业又专业的责任编辑吴英杰女士嘱我请名人作序。我理解她的善意。在学诗的过程中也的确得到许多旧雨新朋的指点和帮助。但作为初学者,我这些大白话,顺口溜出的习作,实在不好意思请尊者序。还是自己写几句,向读者作个"坦白交代"吧。

　　我写诗不是为了把文字分行,而是为了把远去的人和时光一个个拉近。这个集子涉猎的题材很宽泛。我的父辈是抗战老兵,他们的命运与民族与国家紧密相连。他们的基因不能不得以延续,我从16岁至50岁在军队服役,大部分时间是在一支有着红军血脉的野战军。部队是我精神的家园和成长的摇篮。持枪的方阵留给我太多的记忆,至今挥之不去。

2004 年,我转业到省公安厅,换上了蓝色的警装。我全身心地融入这支由人民解放军派生出来的队伍。这支队伍的忠诚与坚韧、奉献与牺牲,令我肃然起敬。由于工作使然,我与许多基层警察结成友谊,关注着他们的喜怒哀乐,与他们共进退。他们中有些已倒在冲锋的一线,在我心中留下了长久的痛,为他们鼓与呼,是我的责任使然。

令我意想不到的是,在这支充满生机与活力的队伍里,还有一些业余时间舞文弄墨的同道,与他们聚合,使我如沐春风。可以说,是他们拖着我走上了"诗路"。

我祖籍河南,生于辽宁,在黑龙江生活了大半辈子,黑土地是我挚爱的第二故乡。我走遍了这里的山山水水,熟悉这里的风土人情,感恩这片外冷内热的苍茫大地。

古老中国悄然无声的进入了老年社会。老年社会的一个重要标志,就是老年人正在从社会边缘,成为潮流或三分天下。他们的情感和意愿需要抒发和表达。可以预言,随着老年队伍的不断壮大,他们的呼声将一浪高过一浪。步入花甲之后,我希望我的写作能够与社会保持一种关系,能够与自己的生命经验保持一种关系。

2015 年，我将书房由"问学庐"改为"心远斋"，取五柳先生心远地自偏之意。可家国情怀是每个读书人刻骨铭心的印痕，既使你躲进深山老林也抹不去。更何况人类已生活在互联互通的网络时代。因此，难免有"偶尔望窗外"的不平则鸣。歌与吼，都凝结着对祖国山河与父老乡亲深沉的爱。

古人与伟人都主张"诗言志"。时下一些诗家和诗评家又主张诗应远离这，远离那。读当下的诗，会看到哪种类型都有精彩，哪种喧嚣都有点赞，当然也有指责和不屑。

作者认同这样的诗论。诗不应太玄奥，那样会减弱诗的感染力。诗亦非语言的游戏，思想才是语言的要义。复杂的表达方式跟诗歌的情感撞击往往成反比。故而，在这本集子中多是"明月直入"。这部集子收入的诗作大多是近年来写的，写作动机大多源于倾诉的渴望，也有无聊时从记忆的 U 盘中寻章摘句。诗中有思想，思想中有诗意，是作者的追求。

2017 年，曾当面请教北岛先生，诗歌何以从沉寂了一个时期后又开始复兴？先生从文化和精神层面，从传播手段的现代化，谈了看法。

孔子曰："不学诗，无以言。"中国古典诗词是中华文明的重要组成部分，从诗经到唐诗、宋词、元曲,层浪相逐,高潮迭起。新诗百年,为民主自由,放歌;为中华复兴,鸣号。这些年虽然曾大病一场,虽然几个主要器官都拉响了刺耳的警报。但诗养心怡情,读诗、学诗、写诗,使我的生活多了乐趣,有了更多的寄托,在诗意的栖居中款款品酌人生。

我感谢生活,感谢我曾经战斗过的两支队伍,感谢我的良师益友,感谢陪伴我大半生的妻子(书中所有的作品她都是第一读者,并吸收了她许多意见和建议)。

八十七高龄的著名美术评论家、诗人、书法家沈鹏老先生拨冗题签,在此深表谢忱。

算来,这是我出版的第五本书了。在书稿将要付梓之际,丝毫没有大事完毕的舒缓,也没有收获的喜悦,有的只是丑媳妇见公婆的忐忑和静待读者不吝赐教的渴望。

一部丰收曲,丰阙葬花词。好了,不再加蛇足了。以上写了可以有亦可无的废话。

是为序。

2018 年春月于心远斋

目　录

打开记忆的 U 盘

打开记忆的 U 盘／3

我是一张白纸／5

自　嘲／6

信　仰／7

归元寺归来／8

白帝城寻梦／9

白发人生／10

书生情怀／12

我不是谁也不信／13

奶奶灰／14

秋日的杨／15

与 A 共舞／16

老妻和手机／17

白发版致青春／18

秋之拥抱／19

以敬畏的心去体验／20

回　忆／21

准备做爷爷／22

夕阳曲／23

历史是什么／24

一杯饮下／26

给一位诗人／27

读司马迁《报任安书》／28

五味杂陈／29

碑／30

从《诗经》到《红楼梦》／32

一个王朝的遗产／33

晨读偶记／34

待把那汉唐的故事细说／36

楚汉人物四题／37

殷墟怀古／39

邯郸怀古／41

我用一生去读你

我用一生去读你／45

我庆幸月下与你为伴／47

致卡尔／48

请记住他的名字／51

李大钊故居 / 53

鲁迅书房抒怀 / 55

康梁故居行 / 57

萧红故居 / 58

涉县八路军 129 师师部旧址感怀 / 60

留在湘江南岸的英雄 / 61

长白青松 / 63

铁血军人 / 64

一位英雄和一个城市 / 66

丁香花开 / 68

化　蝶 / 69

兰 / 70

辽沈战役烈士纪念塔前沉吟 / 71

志愿军遗骸归国感怀 / 73

烈士的背后 / 75

苏宁之死 / 77

我想去看你 / 79

老于,你在那边好吗 / 81

黑龙江公安英烈墙祭 / 84

祭父文 / 86

祭母文 / 88

母亲走了 / 89

父亲十周年祭 / 90

感　恩 / 93

请赐一片蓝天 / 95

咏叹调 / 96

走近黄河 / 98

十月的雨 / 100

奔向更广阔的空间 / 101

卜问崇高 / 103

镜　子 / 105

心远斋主呓语 / 107

不要问时间都去哪了 / 108

怀　旧 / 110

春游香山 / 111

秋游颐和园 / 112

普陀山西望 / 113

放下,何妨 / 114

纸上声 / 115

思念北方的白杨

思念北方的白杨 / 119

握别持枪方阵 / 120

我与书 / 121

听　雨 / 122

光荣与期待 / 123

生命的印痕 / 125

清　明 / 126

岸 / 130

致选择性健忘患者 / 131

致友人 / 132

虎园行记 / 134

《动物世界》告诉我们 / 135

吉祥的图腾 / 136

问　海 / 137

守望幸福的绿萝

守望幸福的绿萝 / 141

仙人球 / 142

圣索菲亚教堂 / 143

松花江夜话 / 145

松花江晨曦 / 146

绿的饥渴 / 147

迷人的哈尔滨之夏 / 148

致将军 / 149

泪　花 / 150

谦虚的月亮 / 151

主角与配角 / 152

致故人 / 153

妈妈的陪嫁 / 155

亲情二题 / 157

海的咏叹 / 158

题藏程十发先生钟馗图 / 160

住　院 / 161

漫　步 / 162

渤海渔民 / 163

东北望 / 164

长城谣 / 167

行驶在高速公路上 / 168

致外科医生 / 169

老　家 / 170

博尔特扑倒在百米跑道上 / 171

失　忆 / 172

呜呼三叹 / 173

朋友,你不要悲伤 / 175

龟 / 176

风之变奏 / 177

武夷山神韵 / 179

爬格子 / 180

快递小哥 / 181

保　安 / 182

保洁员 / 183

愿那一个个美好留在纸上 / 184

生命没有回车键 / 185

军营情景（组诗）/ 186

笑　脸 / 196

大辽河入海口 / 197

苍　蝇 / 198

问学老子 / 199

诗的遐想 / 200

细思忖 / 202

梦回军营 / 203

小雪大雪又一年

小雪大雪又一年 / 207

在梦中 / 208

角色与程式 / 209

一网打尽 / 211

简单与深刻 / 212

流浪猫 / 213

海之韵 / 214

走向蔚蓝 / 215

致警察二首 / 216

请到北方来赏雪 / 219

半为江山半美人 / 221

夜深沉 / 223

轻信是生命的蒙汗药 / 224

绽　放 / 225

此起彼伏之间 / 226

留　白 / 227

大　哥 / 228

谢谢你手机 / 230

元　旦 / 232

夜过三亚河 / 233

古　镇 / 234

天生我材 / 235

我的珍藏 / 237

南海三沙 / 239

永兴岛的白沙 / 241

最美的石刻 / 242

猴子的哲学 / 244

无　题 / 246

欲言又止 / 247

等　待 / 248

青藏高原断想 / 250

走近太庙 / 253

不枉这一生一世 / 254

耳顺之殇 / 256

老腔老调 / 258

三八节寄语 / 260

一年复一年 / 261

天安门广场 / 263

钓　者 / 265

石头的道理 / 266

小诗一束 / 267

世界是谁的 / 272

留下一片幽香 / 274

打开记忆的 U 盘

打开记忆的 U 盘

打开记忆的 U 盘
寻找岁月的斑斓
也无风雨也无晴

打开记忆的 U 盘
尘封的风光伴我入眠
沉思中那遥远的往事

打开记忆的 U 盘
重临高山流水知音
与你们相知如我阳光灿烂

打开记忆的 U 盘

打开记忆的 U 盘
寻觅岁月的斑斓
那些年有动魄惊心
常态是心止如水

打开记忆的 U 盘
难忘与智者攀谈
先贤的经典伴我无眠
沉思中眺望遥远的彼岸

打开记忆的 U 盘
重温高山流水知音
思念雪中送炭的朋友
与你们相知相共的我阳光灿烂

打开记忆的 U 盘
那里有对双亲的思念
晚年没有陪伴在你们身旁
是我终身的遗憾

打开记忆的 U 盘
从未舒展过浪漫的情愫
也有过心仪的姑娘
还是与发妻执手白头

打开记忆的 U 盘
还有存储的空间
珍惜金色的秋天
余晖化作潇洒的诗篇

我是一张白纸

我是一张白纸
一个甲子的涂抹
轻飘飘,沉甸甸
写满欢喜
也留下了失望
写满真情告白
也记下了大话空话
一年复一年
一张又一张
化做一页又一页枯燥档案

我是一张白纸
一个甲子的涂抹
斑斑点点
微驼的背弯成一个问号
问大地,问苍生
人生是一张张白纸上的答卷
履历是把一张张答卷整理装订
轻飘飘,沉甸甸
点点斑斑

自　嘲

少从军，戎马半生；
再入警，重拾旧梦。
好读书，一知半解；
偶为文，不成系统。
有抱负，终归平淡；
待回首，已闻秋声。
细思量，无悔有憾。

2014.12.10

信　仰

我的信仰
是渴望真理的指引
在浩瀚的太空
寻觅最亮的星辰

我的信仰
是男子汉责任的呼号
脚下的土地是忠诚的岗哨
愿用生命将亲爱的祖国回报

我的信仰
是思索者的阅读
剥去迷信与愚昧
在比较中领略先哲的风采

我的信仰
是与大众相共
炎黄后辈都张开了臂膀
热切拥抱一个古老民族的复兴

归元寺归来

无数次走进寺庙
走进过无数个寺庙
进庙从不烧香
不是没有欲念
满脑胡思乱想
供奉的神龛太多
还有那么多的门槛
尊重暮鼓晨钟下的苦修
理解冰冷中的五体投地
千年弥勒见谁都笑逐颜开
虔诚的香客却心事满怀
众生求的是想得而得不到
佛许的是存在于不存在中
每座寺庙都是学校
每见佛祖都是向智者讨教
万古不磨的儒释道
在香火缭绕处的我
读出了另一种味道

白帝城寻梦

一叶轻舟浪漫了古城

谪仙的诗行让峡江流芳

托孤的故事有百种图说

千年的明良殿庄重依然

这里每一朵浪花

都在浅唱低吟

这里每一面峭壁

都记载着似是而非的往事

我无数次在梦中

聆听汉唐的涛声

感叹纤夫的辛劳

陶醉在这个

有诗有橙有江水滔滔的地方

只是从未得识

高傲的三峡神女

走近你

古老的三峡愈发古老

年轻的三峡愈发年轻

白发人生

白发把我们从朝气蓬勃里"开除"
我们在遛鸟和广场舞中驻足
白发把我们变成大爷大叔
从大大小小的"头"变成了老头
白发使我们远离了是非人情
获得了不仰人鼻息的资格
白发让我们放松中掺杂失落闲愁
这令人欢喜令人忧的白发人生

我们常问自己:
时光的飞转
角色的轮换
我们该享受白发人生还是
唉声叹气,无所归依
一个声音告诉我们:
白发可以染黑
岁月难以追回
夕阳再美也是余晖
另一声音在反驳

六七十岁,七八十岁

是人生的第二春

头发白了

血流还是那么激昂

步履蹒跚

眼神依然充满着渴望

黑发的时光

我们老是顾及别人的感受

如今头发白了

也要活出一个潇洒的自我

熟悉的门对白发人关闭

崭新的门向着白发人敞开无限风光

推开崭新的一扇扇门

70 驾车,80 下潜,90 跳伞

最美的还是白发人创造的

属于自己的崭新的

精彩人生

第一春我们留下了

那么多的无奈与遗憾

第二春一定要

无怨无悔

时间握在自己手里

幸福就在我们的脚下

书生情怀

敬惜字纸

是祖宗的遗训

焚书坑儒是历史的耻辱

万般皆下品，唯有读书高

太过夸张

行千里路，读万卷书

则是不二法门

书中的颜如玉

只是梦中情人

书中有黄金铺地

更有道路崎岖

哪怕是井中望月

哪怕是竹篮打水

不舍寒窗苦读

一生书生情怀

我不是谁也不信

人人都追求不朽
日久都是云烟

一千遍的祈祷神仙
结果是一场场闹剧与虚幻

聆听着慷慨激昂的诺言
谁知道背后藏着那么多的欺瞒

到处兜售延年益寿的补药
看到的却是一只只打水的竹篮

聚光灯下的阔论高谈
如风月中的信誓旦旦

我不是谁也不信
以往的迷信和轻信留下了太多的伤害

高贵的灵魂让我们相信别人
也要相信自己

奶奶灰

抖着灰白的头发
架着镀金的眼镜
走进了叫作"小野"的发廊
一位笑容可掬的女孩问我
"您这头发在哪染的
这可是最流行的奶奶灰"
女孩也有一头奶奶灰
十年来这头发折腾我
我也一遍遍折腾它
黑的一点点变白
白的一次次染黑
一不小心成了奶奶灰
我知道,我的奶奶灰是
岁月的馈赠与留痕
时髦的奶奶灰
我该为你自豪还是叹惜

秋日的杨

秋日的杨
淡淡的绿染成了金色的黄
一阵阵风吹落了叶
默默相偎在根的身旁
秋日的杨
从不比肩菊的芬芳
也不像松柏那般趾高气昂
只是默默站在伙伴一旁
秋日的杨
平平常常从不张扬
也有诗人把她们礼赞
吟唱小草也吟唱白杨

秋日的杨
五花山上奉献最后一片清凉
绿了黄，黄了绿
等待来年的春光

与 A 共舞

那枚小小的 A 细胞

在身体某一部位潜伏

A 细胞虽小

却是生命的导演

决定着一幕幕悲喜剧

人世间不断重复这出戏

尽管,谁也不愿意

在这戏里充当角色

既然戏里有你

就要从容面对

别把愁眉苦脸留在舞台

跳一段与 A 共舞

唱一曲地久天长

人生都有谢幕的一天

只要曾经精彩

何必在意早晚

2012 年 6 月术后

老妻和手机

赋闲的老 C
每天守着老妻和手机
从不多言的老妻开始絮叨
曾经叫个不停的手机
此刻却缄默不语
饮食起居全靠老妻
嫌她唠叨又得罪不起
唯独手机对老 C 的脾气

夜幕挂上，一天过去了
铃声忽的响起
连忙屏住呼吸
快速接听手机
原来是推销大米
不想听的喋喋不休
想听的再不发声
老 C 在老妻的
喃喃自语中睡啦

白发版致青春

花丛中牵手

广场上劲舞

公园里 K 歌

T 台上秀衣

大街上暴走

微信里圈粉

青藏高原上骑行

欧罗巴平原自驾远征

欲问老夫老妪

为何这般放浪形骸?

找回逝去的青春

秋之拥抱

题记:秋是一部丰收曲,半阕葬花词

拥抱金灿灿的秋

也拾起枯黄的叶

拥抱爽爽秋风

感受萋萋秋凉

欣赏艳艳秋阳

走进静静月夜

秋是炎炎烈日的终结者

秋是漫漫寒冬的通行证

秋是人生的盘点

欢乐中有淡淡的忧伤

我们赞美秋,是赞美一年的辛劳

我们拥抱秋,是拥抱成熟与稳重的兄长

我们享受秋的恩赐

也体谅秋的一天天衰老

一部丰收曲,半阕葬花词

以敬畏的心去体验

时空在小小的轮盘浓缩
每天滴滴答答向主人提醒
当你把时空系于腕上
人生就开启了读秒的程序
指针弛而不息也有停摆的一天
人生是顺时针也是倒计时
生命无比绚烂也不无限
要以敬畏的心去体验

回 忆

回忆是一杯咖啡
有香醇也有苦涩
回忆是分手的恋人
有别情也有离怨
回忆是尘封老酒
回忆是甜甜蜜糖
回忆是老去的身份证
回忆是墓园的敲门砖
年轻人无暇回忆
因为他们有未来可供消费
唯有来去无多的老者
才在想当年中寻找寄托
在回忆中度日
是希望留在后人的
回忆中

准备做爷爷

题记:林下漫步,忽听一少年呼我"爷爷",于是有了以下的感叹

一声爷爷

叫得我怦然心动

一直当儿子,孙子

陡然走进了爷爷的行列

爷爷是花白的头发

爷爷是蹒跚的步履

爷爷是唠唠叨叨的故事

爷爷是儿孙绕膝的天伦

中国的爷爷是儿子的父亲,孙子的孙子

是一个家族的恐龙与坐标

你,准备好了吗?

夕阳曲

掀起波澜的水

行得乘风的船

走在无垠的原

梦回远方的山

一匹伏枥的老骥

渴望冲锋的旋律

真正的战士永远豪迈

步履蹒跚也要向前

即使沙哑也要亮开歌喉

让心花在诗的溪水中荡起涟漪

让赤子在母亲大地温暖依偎

让人生的绿卡留下最后一抹余晖

历史是什么

历史是什么
是一部部典籍
是一座座坟茔与废墟
或是一代代
口耳相传的故事

历史是什么
是执政者胜利的辉煌
是失败者耻辱的囚衣
或是被涂来改去的急就章

历史是什么
是一架不可阻挡的浩荡战车
是一桶盛满潜规则的润滑油
或是假货遍地的潘家园

历史是什么
昨天的是纸上的眉批
今天的是明天的开篇

见到的未必是事实
暗角的表面看都冠冕堂皇

历史是什么
是耸立的座座高山
让我们仰望
是悬崖边的万丈深渊
让我们低头
我们要站在历史的地平线上
不仰望,不低头

一杯饮下

历史在这里发酵

酿出了琼浆玉液,也酿出

一个个传奇

弯弯曲曲的赤水

醉了追兵,也让

一支衣衫褴褛的队伍

踏上了一往无前

这里的度数

沸腾了一九四九

酱香,醇厚且绵长

一杯饮下

给一位诗人

你把一道道年轮
化为一行行诗
毅然攀爬在崎岖的山脊
你一次次吮吸流血的手指
一支支高唱未来之歌

你没有飘逸的长发
也不故作高深
你用平易描摹深刻
你用简洁表达复杂
你说,除了几本诗集和
一场寒心的玩笑
一无所有
其实,你那声声呼号
如缕缕春风
把冰封融化

读司马迁《报任安书》

为什么绚丽的花

都在苦难中绽放

绽放中

有人走向了耻辱

有人走向了不朽

你本无关紧要

在天子脚下逍遥

依你的才学

也能写出选入《古文观止》的焕彩华章

史官的尊严

博大的胸怀

你选择了义无反顾

这一选择

让你在血淋淋中拔萃

让你与一部伟大史诗流芳

"千羊之皮，不如一狐之腋；

千人之诺诺，不如一士之谔谔"

在不绝于耳的赞歌声中

你的忠告弥足珍贵

五味杂陈

天子是无法无天的代言

万岁是言不由衷的呐喊

太子是危险的职业

忠臣是荒唐的表演

祸水吞噬怨不得红颜

冠冕堂皇抗不住佳丽和诤言

封禅祭天追求不朽

转头,空留几根白骨

暗夜中寻觅照亮五千年的明灯

问学甲骨竹简和页页残经

翻捡陶罐青铜和座座孤坟

一时,五味杂陈

碑

对逝者

最高的敬意是

永垂不朽

不朽的纪念

寄托在一块块

石头上

竖起来

被称作碑

有的碑是舌头

翻飞的唾液是它的注解

有的碑供奉在祠堂

血缘维系着岌岌可危

有的碑是典籍

先人的哲思涌动在

字里行间

一位女主声名显赫

身后却留下一块无字碑

睿智至今让人遐思绵绵

有人活着
就把名字刻在了碑上
架起神坛让众人膜拜
我向那把最后一抹灰烬
投向大海的人致敬
你的旷达
让每一朵浪花都
立起一座丰碑

其实人的一生
每一天都在
书写碑文
每一年都在
铸造碑的基石
不朽的碑由历史书写
树立在
亿万人民的
心里

从《诗经》到《红楼梦》

我们是一个形象思维发达的国度
我们是一个多愁善感的民族

我们有诗经、楚辞与汉赋
我们有唐诗、宋词与元曲

我们有《窦娥冤》和《西厢记》
还有雄居世界文学之巅的四大名著

民族的精神在经典中滋养
古老文明在华章中流芳

那是我们享用不尽的精神食粮
那是我们引以为傲的百代风骚

多少人曾染指这广袤的土地
却连诗词小令都奈何不了

作于国家典籍博物馆藏文学经典展观后

一个王朝的遗产

不见了,庙宇宫廷的巍峨
不见了,万邦来朝的神圣
不见了,倾国倾城的宫娥
那21位求仙拜佛的君王
也只剩下孤坟野冢
289年浩然大唐
贞观之治,治也罢
安史之乱,乱也罢
都化作了尘埃
唯有那,诗三百
万古流芳

晨读偶记

日月星辰

茫茫宇宙几粒尘埃

更何况将相君王

几多豪杰

匆匆过客

几片甲骨汉简

锈迹斑驳的青铜

唐诗宋词元曲

更有老子孔子诸子百家

当权者的历史登堂入室

历史写的历史撒落在荒郊

秉笔的太史公

执简的南史氏

也奈何不得

浩荡的黄河裹着混浊

巍巍泰山透着苍凉

祖先的智慧,曾经的辉煌

沦亡的耻辱,封闭的荒唐

一幕幕,一曲曲

在古老的土地上咏唱
自诩的伟大蚂蚁缘槐
芸芸众生滚滚红尘
那些残垣那些狼烟
都付后人笑谈

待把那汉唐的故事细说

月在醉时圆
酒在梦中香
走进大漠孤烟
寻觅那幻境中的甘泉

未闻胡笳声声
不见龙城飞将
欲问路人无知音
我心一片苍凉
眼前残垣几垛
又见胡杨高悬
丝绸古道西风烈
待把那汉唐的故事细说

楚汉人物四题

汉高祖刘邦

泗水山野一亭长
斩蛇举义惊八方
虽曾鸿门落荒去
终成伟业唱大风

楚霸王项羽

匹夫难当长远计
霸业兴亡在用人
别姬自刎留笑柄
唯有才女夸英杰

淮阴侯韩信

年少能忍胯下辱
功成难耐无冕寒
自古君王无常信

历来英雄徒悲伤

留侯张良

古来策士多佳话
前有子房后诸葛
庙堂神算赖博学
权谋只为帝王家

殷墟怀古

殷墟名不虚
遗珍世无双
一部王朝史
尽从小屯来
千年青铜器
件件皆称奇
尤叹司母戊
钟鼎称第一
再叹甲骨文
汉字初肇始
十五万片骨
五千余单字
绵延三千载
文明一脉承
三叹车马坑
再现古制礼
更有玉之美
竟有两千余
女杰妇好墓

宛如藏宝库
中原文化史
攀上新高峰
殷都立丰碑
陡坡景山上
今日重再来
感慨系感慨

邯郸怀古

君不见,南临大河北有燕
西据太行东平川
君不见,殷商肇始战国雄
百五年间赵王城
邯郸古来故事多
成语之乡非浪名
负荆请罪将相和
毛遂自荐有担当
学步桥上寻遗址
庄子秋水留笑谈
娲女皇宫,悬崖峭壁
炼丹石,补天裂
与君歌一曲
请君为我侧耳听

黄粱古祠寻梦境
卢生总比曾生强
赵奢征战汗马功
憾余纸上谈兵后

一个成语半部典
警世不输圣贤书
燕赵厚土多义士
流芳岂止只七贤
中华魂，毋相忘
人间正道不我与

我用一生去读你

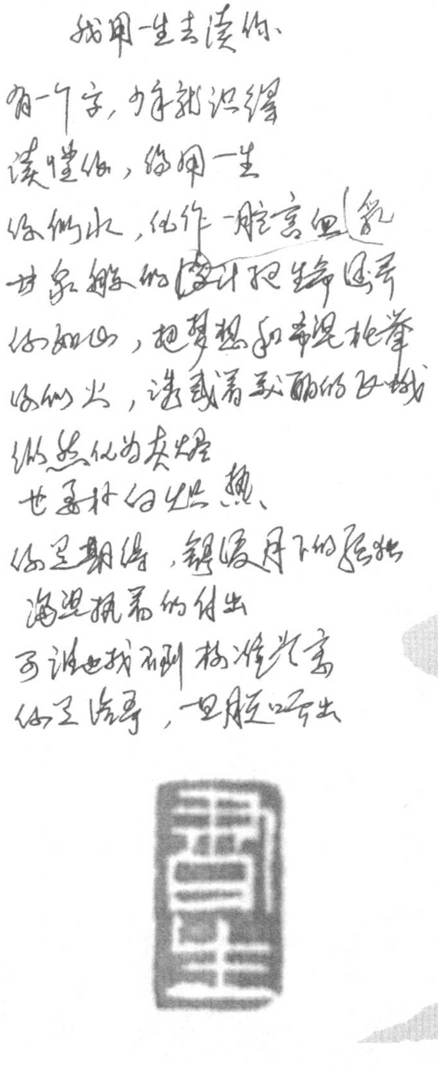

我用一生去读你

有一个字，少年就识得
读懂你，须用一生
你似水，化作一腔[illegible]
甘泉般的[illegible]把生命[illegible]
你如山，把梦想和希望托举
你似火，诱惑着美丽的飞蛾
纵然化为灰烬
也要扑向燃点
你是期待，翘首月下的[illegible]
海[illegible]的付出
可谁也找不到标准答案
你是谜语，一旦脱口而出

我用一生去读你

有一个字,少年就识得
读懂你,得用一生
你似水,化作一腔血
你甘泉般的乳汁把生命涵养
你如山,把梦想和希望托举
你是火,诱惑着美丽的飞蛾
纵然化为灰烬
也要扑向炽烈
你是期待,舒缓月下的孤独
渴望执着的付出
可谁也找不到标准答案
你是给予,一旦脱口而出
要用一生去践诺
那是人世间无法描摹的深情

你有时像太阳般热烈
你有时像似月亮样高冷
你的天敌是别恋
你的高洁是忠贞

你是一杯容易失去理智的酒
你是一条日夜欢唱的溪

你就是爱
说不清,道不白
说不尽,道不完
爱就爱了,别后悔
爱成了单相思,无所谓
因为爱是人生的主题
因为爱是生命的长歌
我要用一生去读你

我庆幸月下与你为伴

墨香醉了多少英武少年
韦编三绝青灯白发
你告诉我爱你的人很多
可也有那么多的移情别恋
大部分时光你都在孤独中肃立
就像帝王陵寝神道上的石狮
过客留下匆匆脚步
和那狐疑的一瞥
尽管你也学会了梳妆
若拼颜值只能甘拜下风
我知道你喜欢宁静
可心底的旋律也渴望知音
我心中的你像士兵披挂列阵
时刻等待冲锋的号角
也仿佛是函谷关的块块青砖
每一次抚摸都能听到历史的回响
夕阳西下浪漫渐行渐远
我庆幸月下与你为伴
归隐山林仍春光无限

致卡尔

年轻时我觉得你很帅
特喜欢你那浓密的头发和大胡子
现在我透露一个心底的秘密
我喜欢你也喜欢燕妮
燕妮与你的爱情和《资本论》一样
散发着弥久芬芳
你在那么多人心中被奉为圭臬
有那么多人视你为猛兽洪水
没有哪一个人的书
有那么多的读者
没有哪一面旗帜
有那么多人追随

读你的书
我有时热血赍张
有时一头雾水
有些过去不懂
今天懂了
有些过去懂了

今天糊涂了

你的个别论断或可商榷

你的伟大攀登却从不藏私

我曾发誓要读遍你的书

可读到皓首还末穷经

有的书叫人克己复礼

有的书叫人听命上帝

你告诉劳动者要挣脱枷锁

你那忠实而睿智的东方弟子

把你的主义概括为造反有理

你的哲学与孙悟空的哲学结合

让中国的无产者顿开茅塞

于是人群愈聚愈多

直至站满了世界最大的广场

我去过你的故乡

莱茵河畔巨星闪烁

我问你的老乡

怎样看你

一个联邦警察的回答认识了德意志：

"马克思不是一个容易被忘记的人

现在不是,将来也不是！"

每个人的成长都离不开思想引领

十八岁那年我加入了你的战队

信仰从此扬帆远航
今天,我再次读你
仍是满满的尊敬与崇拜

伟大的生命像流星
闪光而短暂
伟大的思想像大海
包容而不竭
既使一千年
你还是浩瀚宇宙
那颗不灭的
星斗
亲爱的卡尔
你是我仰止的高山
虽不能至,心向往之

请记住他的名字

他的名字很普通
他的名字很神奇
身经百战毫发无损
对手如林战无不胜
给他的赞美无以复加
泼在身上的脏水铺天盖地
他的名字是一部书
读出了力量和尊严
读出了智慧和道路
他的名字是一首诗
激扬文字尽显风流
指点江山如烹小鲜
尽管有时浪漫得失去理智
昂扬的斗志让人跟不上节拍
有人想把他的名字抹去
就如推倒一个国家的图腾
就如喑哑一支军队的号角
我们要千百万次告诉人们
请记住他的名字

记住他的名字
就是记住了历史
就是记住了人民
请记住他的名字

李大钊故居

历史记住了
乐亭那个叫大黑坨的小村
这里走出一位
开天辟地的伟人
他的名字因建立了一个伟大的党
而不朽

时光过去了百年
一位后来人走近小村
祭祖寻根
探索先驱者的精神家园
摸一摸先生出生的土坑
坐一坐先生儿时的课桌
仿佛回到了如火如荼的岁月

为了主义旗帜的高扬
为了民族道义的伸张
一介书生
"不驰于空想，不骛于虚声"

直至把 38 岁的生命奉献

先生那幅在绞架前
安然赴死的存照
让人们看到了
信念的力量和
道路的崎岖

鲁迅书房抒怀

静静走近,老虎尾巴
先生常常提起的,书房
主人虽已离去
手植丁香依然蓬勃
只是那脍炙人口的两株枣树
已不见了踪迹
先生的名字伴着不朽文章
一段段精妙故事化做
一座座雕像
狂人、阿Q、祥林嫂、孔乙己
把民族灵魂深处映照

高处必有风寒
有人津津乐道先生兄弟失和
也有人诟病先生尖酸刻薄
有人说你早早离去
免去了更多的是非
也有人为你继续活下去
给出了种种不幸的推测

先生的一生从不看别人脸色发声
那力透纸背的洞见
那振聋发聩的话语
一次次掀起波澜
至今于耳畔回响

先生离我们渐行渐远
感谢上苍
给后人留下了这座
能触摸先生脉动的书房
仿佛先生仍端坐在藤椅上
似那株丁香，芬芳如故

康梁故居行

天津梁启超故居

史上称康梁
文章冠天下
斋号名饮冰
笔下火一团

青岛康有为故居

学贯中西称巨擘
经世致用有可为
公车上书惊天下
戊戌亡命四海奔
道德文章任褒贬
毕竟敢为天下先
扬碑抑贴法书宝
天游园前忆前贤

萧红故居

抚腮的少女
正是怀春的花季
可你的眼神
却透着更深邃的闪亮
你不甘命运的安排
你无奈漂泊的生活
唯有在字里行间
让你的思想放飞
你有钟爱的人
却没结出爱的果实
可那行行文字的不朽
哪一个不是你的至爱结晶

一条名不见经传的河
与你的名字连在一起
汇入不息的历史大川
你告诉人们
使生命得以延续的
不仅仅是血缘

每一次读你

我都深深地感叹

盛产玉米大豆的黑土地

竟生出如此炫丽的奇葩

涉县八路军 129 师师部旧址感怀

雄师一二九
挺进北太行
涉县赤崖村
中军把帐扎
进山方九千
出山三十万
大军称刘邓
一路斩敌顽
百姓视己出
厚待子弟兵
英雄左将军
青山留忠骨
巍巍将军岭
浩气传千古
八路军后人
专此祭先贤

留在湘江南岸的英雄

湘江是一本厚重的史书

一部殉道者用青春和生命写就的传奇

湘江是探索者的甘泉

也曾把数万红军吞噬

被吞噬者中有一位年轻的师长

他的名字叫陈树湘

为了红军的浴火重生

你率孤军苦苦支撑

突围负伤倒下

醒来落入敌手

红色军人的尊严

岂容他人践踏

就在一刹那

你把手伸进了伤口

紧紧握住肠子

一把一把绞烂

肠子流淌了一地

血把残破的军衣浸染

你的死让我看到了人类忍耐的极限

看到了气节与信念的永恒

有人感叹

你没有给妻子留下只言片语

有人遗憾

你没能在新中国把将星和勋章披挂

有人惋惜

你连一张照片也没留下

可那断肠铭志的壮举

让你 29 岁的青春

绽放出绚烂的血色

你没有渡过湘江

可那川流不息的波涛

日日夜夜把绝命的英雄歌唱

长白青松

——献给杨靖宇

长白山的松
是你挺直的腰
大兴安岭的风
是你仰天的啸
嚼着草根的胃
长着钢铁般的骨
那被割下的头
也叫侵略者颤抖
一个宁死不屈的战士
诠释了生命的不朽

我多想
把北国漫天的雪
扎成一束束花
放在你的墓前

铁血军人
——献给赵尚志

我在开国百位杰出英烈中
找到了你的英名
你是威震中外的抗日军人
你是万众敬仰的民族英雄
我在北风呼啸的深山密林里
看到了你的身影
蓬头垢面,衣衫褴褛
脚踏着雪,胸淌着血
手举着枪,瞪圆了眼

在尘封的档案中
我还发现了另一个你
一直背负着开除党籍的冤屈
直至1982年才恢复
还蹲过苏联老大哥的监狱
最后竟倒在叛徒的枪口
经历了那么多挫折
你的信仰始终不移

拼着白的骨,红的血
在白山黑水书写豪迈
"抗联从此过,子孙不断头"
在白山黑水留下传奇
"小小满洲国,大大赵尚志"
你悲壮的人生
让后人唏嘘不已

一位英雄和一个城市

——献给李兆麟

你的名字被镌刻在
哈尔滨的一条大街上
——兆麟街
每天川流不息的人们
是否能想起你
你的灵柩与一座知名公园相伴
——兆麟公园

休闲的老者,度假的情侣
是否常去看看你
你殉难的楼阁变成了豪华的商厦
在一面墙上,留下了你三十四岁的雕像
幸运的是你看到了这座美丽城市的解放
不幸的是你没有品尝胜利果实的芬芳

云朵遮不住阳光
英雄不该被忘记
李兆麟

这光辉的名字
永远留在了你曾为之流血的
大街小巷
永远留在了铭记十四载亡国之耻的
东北人心里

丁香花开

——献给赵一曼

一个年轻的汉子看到老虎凳
心说,如果我被敌人抓住
不自杀,肯定招架不住

可你,一个柔弱的女子
任其百般折磨
头,是按不低的,头
牙,是撬不开的,牙

出了那么多汉奸狗腿
叫一个泱泱大国汗颜
你的名字却叫人认识了
铮铮铁骨

化　蝶

——献给抗联八位投江的女战士

八只破茧的蛹

化作了美丽的蝶

八只扑火的蛾

照亮了黑暗的夜

八只流泪的烛

吟唱着不朽的歌

八朵绚烂的花啊

化作了乌斯浑河的

滚滚的波浪

写入了中华民族不屈的

历史的篇章

兰

没有牡丹那般美艳
也不似松柏一身傲骨
像一棵小草吮吸雨露
默默沐浴着阳光
随风起舞不折腰
人们爱你敬你是因为你
不媚世俗的清高

辽沈战役烈士纪念塔前沉吟

七十年前
你扑向火力点一跃
跳进一个崭新时代
青春芳华凝成雕像
两万英魂在这座城市长眠
每次回到故乡
我都来看看你
你依然年轻威武
只有那件锈迹斑斑的老枪
还涤荡着过去的战火硝烟

五十年前
我在你的面前系上了红领巾
老师说你是农民的儿子
为了让汗水浇灌的果实归于劳动
你跟着部队来到城下
我好崇拜你
一直在追随着你
曾经战斗的序列

七十年了
你一直提着那杆老枪
为这个城市站岗放哨
清明时节的一束白花
是你唯一的期冀
你那动人的故事
成为这座城市的永恒记忆

我常常感慨
那一代人的无怨无悔
我自叹弗如
你那令人称颂的赫赫战功
你的光辉是我永远的骄傲
你的道路是我前行的方向

志愿军遗骸归国感怀

一九五三年
在凯旋的队伍中
母亲热切的期盼
你的归来
但是你没有
在祝捷的晚会上
母亲望穿双眼
期待你的笑脸
但是你没有

在寄往千家万户的烈士证明中
母亲焦虑的寻觅着你的名字
但是你没有
你活不见人
死不见尸
让母亲白头
让亲人心揪
一九五零年
你走的时候

是雄赳赳气昂昂的战士
二零一七年
你回来的时候
化作了一抔泥土
静静躺在一个小木匣里

我捧着母亲的遗像去接你
我不知道
那几百个木匣里
哪一个是你
我知道
你回到了亲人的怀抱
母亲会在九泉下露出微笑
那久违了的微笑
那些跨过鸭绿江的勇士啊
无论活着、死去，还是沦落他乡
永远是祖国最可爱的儿女

烈士的背后

题记:英雄的队伍烈士多,烈士的背后是寡妇(请恕我使用这个词)

你的憔悴让我无言
我不敢问你多少岁
我望着你也望着他
一个定格在墙上的年轻警察
他走了
带着壮烈,带着荣誉
把漫长的日子和无尽的思念
留给了你
你对我说
白头偕老只是童话
中年丧夫,幼子丧父
才是撕心裂肺的故事
你抹去止不住的泪,把感谢表达
闪光灯下,一声声让人心碎
我惭愧
信封里的几张纸币和一束小花

怎能把血与爱酬谢

我沿着

堆满杂物的楼道

走出一家，又走进另一家

……

苏宁之死

你在不该流血的时候流尽了血
你在不该倒下的年龄轰然倒下
为保护战友你付出了生命的代价
悲剧中的英雄在 3.5 秒的瞬间
让生命的质量升华

我认识你时
你是英俊潇洒的炮兵少校
我再见到你时
你被一面红旗紧紧包裹
人人都想延年益寿
时时处处规避风险
你却用 37 岁的青春年华
把四射的弹片阻拦
有的死亡给人生画上了句号
有的死亡给人生留下了问号
有的死亡是人生的省略号
有的死亡是人生的感叹号
你的一生

是灿烂辉煌的句号
是使人沉思的问号
是令人扼腕痛惜的感叹号
是壮志未酬的省略号
也是让军人热血沸腾的
冲锋号

注：苏宁，原23集团军某炮兵团参谋长，为抢救战友牺牲。被中央军委授予"献身国防现代化的模范干部"荣誉称号。1991年4月，时任某集团军政治部组织处处长的作者奉命带队调查整理苏宁的事迹。

我想去看你

——怀念全国公安一级英模王江

亲爱的兄弟

你埋在哪里

我想去看你

八年了,那个北风刺骨的冬

那双深凹不舍的目光箭一般

洞穿了我的心

漫天的大雪化作

纷飞的纸钱

落在地上,落在心里

为了一种精神的延续,我发誓

要像你一样去努力

我知道,静寂的墓地

符合你不事张扬的脾气

无人光顾

正好休养你疲惫的身体

可这么久了

听不到外面的消息

你会不会忧郁

我知道,有一天你的名字
终将成为过往
你别怪活着的人无情义
谁也做不到永远不被人忘记
正如飞奔的高铁留不住
铺路工人的身影
飘香的稻米刻不上
辛劳农夫的姓名
英雄当歌,悲歌当泣
为了纠正这种可怕的忘记
祖国法定了献身者的纪念日
在收获的季节里
在共和国的生日前
我一定去看你
我知道
再也见不到你忙碌的身影
再也听不见你沙哑的述说
每一次与你面对
都是一次灵魂的洗礼

兄弟,我想去看你
我想去看你,兄弟

老于,你在那边好吗

题记:择一束清香献给亲爱的战友、排爆英雄于尚清

一声巨响

数不清的碎片嵌入你的身体

其中一枚化做金灿灿的奖章

挂在了你的胸前

每一条走向英雄的路

都是血与汗铺就

英雄以后的路

是笑容还是泪水

鲜花与掌声的背后

你一次次倒下

又一次次站起

每当佩戴奖章出现在闪光灯前

你总是笑容中透着坚毅

每次看到你

我都劝你注意身体

每次你都你笑着告诉我:

"一定当好一件随叫随到的展品"

磨难往往是英雄的伴侣

好人并不能保证一生平安

脊椎靠钢钉固定

肾脏靠透析维系

眼睛几近失明

常常彻夜难眠

你曾悄悄对我说

"遭的这罪呀,还不如当时一死百了"

我知道,这不是你的真心话

你用生命去搏斗罪恶

你用顽强去搏斗死亡

不是为了当展品

而是为了无辜的百姓

也是为了老伴和那对龙凤胎的孙子孙女

你说这是上苍给你的比奖章更珍贵的奖赏

最后一次见到你

你笑称老天爷已向你招手

我说你不能走

可你还是走了

你儿子告诉我:

"爸爸走得很安详"

我相信

你深度昏迷了那么多天

怎能不安详

可你真的安详吗

你还不到 58 岁啊!

花开花又落

一年又一年

你的身影渐渐淡去

你的故事依然流传

有的原汁原味

有的披上了新衣

又到中秋月圆夜

我想去看看你

老于,你在那边好吗

你在那边好吗

黑龙江公安英烈墙祭

一个个鲜活的生命化为青烟
把一个个庄严的名字刻在了墙上
那一个个名字凝成一块块方砖
叠在一起就成了一段长城

每一个名字都有一个悲壮的故事
每个名字都系着亲人的挂牵
我看到了一张张笑脸
在阳光下是那么的炽热

墙上的名单在延长
在一年年的延长
已经有了九百多
长长的,还在继续延长

我知道
为了捍卫法律的尊严
你们从不后悔把生命奉献
你们站着,是无敌的勇士

你们倒下,是罪恶无法逾越的天堑
你们光荣的名字永远留在了
人民警察的名册里,激励着我们
向前,向前

　　　　　　　写在国家烈士纪念日前夜

祭父文

八路军
新四军
解放军
在军旗下成长

为民族
为祖国
为黎民
遂劲旅雄师转战

放牛娃
学文化
精医术
名播辽西走廊

大手术
小手术
沥肝胆
治病救人无数

垂暮年

"眼不明

耳不顺"

心底坦荡亦然

众儿女

已长成

承父志

不负慈父恩泽

2007 年 10 月 23 日

注:父亲抗战初期在华北参加八路军,皖南事变后南下转为新
四军。

祭母文

昆仑女儿
四野老兵
十七参军
十八入党
救死扶伤
荣立战功
主管药师
中西兼备
枝结连理
勤勉持家
育儿两双
茹苦含辛
功德圆满
耄耋方归
慈恩浩荡
山高水长
与父合葬
以期永年

2017 年 2 月 11 日

母亲走了

母亲走了
我失去了做儿子的资格
虽已白发苍苍
在母亲面前
仍可放肆一二
但在他人面前
却很难放下矜持的身段
放肆让我保持童真
矜持其实很累
母亲走了
那沉重的牵挂得以解脱
可一股莫名的落寞
深深浸透了我的心肺
母亲走了
那处温存的港湾关闭
我这只漂泊的船
何处依归

父亲十周年祭

你昏迷了
我才知道,还有那么多话想对你说
你永远的,走了
我才知道,失去你意味什么

十六岁,我离家去了部队
出发前,父子彻夜长谈
你讲了苦难的童年
也讲了战斗里的成长

1976 年我当了连队指导员
你来信叮嘱我
"搞好战士伙食,顶半个指导员"
那些年,我每换一个岗位
你都用简洁的话语
传授老兵的经验

八十年代你解甲归田
我请假去看你

你对我说

"只要你穿着军装,我就觉得还在部队"

那一夜,两个男子汉

谈了很多的"秘密"

你说这一辈子最庆幸的是

参加了八路军

最骄傲的是有

四个儿子

晚年的父亲

双目失明

重病缠身

仍以听代读

拄杖踽行

用顽强和活下去的渴望与

死神较量

你来到这个世界是冬天

走的时候是秋天

没有哭哭啼啼

也没有告别的场面

这是你早早的交代

只有一面红旗带着你

远行

把你送走

我又来到你度过最后时光的家

家里空荡荡

我的心仿佛也被掏空

久久望着你戎装的微笑和那顶

戴了几十年的军帽

我把他们和那枚抗战勋章

紧紧包裹,珍藏

包裹起如山的父爱

珍藏起老兵的情怀

感　恩

我感恩风

不恋温柔的云朵

走进凡尘的角落

给劳作送去一片清凉

我感恩雨

饱含深情的泪水

倾其满腔的挚爱

把干涸的土地滋养

我感恩阳光

执着的放射光芒

一次次在黑暗中

把光明唤回

我感恩朋友

让寂寥的魔杖

在笑语中夭折

让我在友谊中陶醉

我感恩母亲

用颤抖的双手

为远行的游子整理征衣

在您面前永远生活是我

长不大的童年

我感恩祖国

你那灿烂辉煌的经典

你那巍峨壮阔的山河

是我力量的源泉

精神的家园

东方没有感恩节

华夏儿女早已把感恩

融入了血脉

化作了情怀

请赐一片蓝天

你是何方妖怪
有遮天蔽日的本事
暗淡了阳光
欺蒙了天籁
自从你的出现
我们就告别了蓝天
纵然高铁飞快
在雾霾面前却一筹莫展

是该想想了
我们得到的梦寐以求
其实无足轻重
我们丢弃的视若草芥
实则弥足珍贵
是该反思了
同一片天同一片土地
怎能西边艳阳东边雾霾
让子孙后代为我们汗颜
如果找不回蓝天
一切梦都是虚幻

咏叹调

咏叹调在大剧院唱响
"赶牲灵"在黄土高坡上吼
雪莲花在冰山上绽放
蒲公英在漫山遍野飘香

有人赞美国色天香的牡丹
有人讴歌栉风沐雨的小草
方的滚不远
圆的堆不高

美人如褒姒虞姬西施
剑别英雄,转空成败
美人是男人明知祸水而追的红颜
美人是男人不易跨越的关隘

历史提醒女人
美貌总会缩水
君宠不可持久
历史告诫男人

温柔之乡多把杀机潜伏

看人下菜碟,因为众口难调
人走茶凉,因为资源有限
红门楼,高门槛
帅府侯门深似海
下来容易上去难

走近黄河

童蒙时背诵赞美你的诗句
炎黄子孙都把你视为母亲
终于有一天
我来到你的身边
尽管无数次幻想过你的模样
如此的沧桑雄浑仍把我的心激荡
你似万马奔腾，卷起滚滚黄沙
你似战鼓咚咚，击打着拙朴的两岸
你一泻千里，势不可挡

你对目标的追寻
使我坚定了无悔的信念
你对曲折的回应
使我学会了战胜险阻
你对土地的坚守
使我感受了痴情与执着
你与大海的相拥
使我看到了宏阔的襟怀

我庆幸是你的子孙
我追随你的崇高
我愿倾尽所有捍卫你
我们这古老民族
生生不息的
血脉

十月的雨

十月的雨,披着薄雾

温润中透着凉意的清高

是青春年华的磨洗

是走过炽热的留痕

十月的雨,吻别了绿

干爽的风,染黄了秋

一点点掀开雪白的面纱

十月的雨,沁心入肺

把人生的四季,洗礼

奔向更广阔的空间

丛林中走出来的现代人
在城里患了相思病
总是怀念祖先的伊甸园
于是照猫画虎
造出了一个又一个园林
那些名目繁多的园林
是城市的名片
是休闲者的洞天
也是圈钱的瓦罐
我不喜欢人造的园林
它在我心中就像个囚笼
植物园，囚禁了鲜花和绿草
动物园，囚禁了老虎和大象
游乐园则囚禁了孩子们的童心和
梦想的翅膀
那些不伦不类的假山景观
更令人啼笑皆非
也有些是权力和等级的领地
是财富和身份的象征

就像一张张逆风飘荡的虎皮旗

权力靠禁地拱卫

身份靠幽深证实

历史从不客气

根本无济于事

一把火让圆明园断壁残垣

一场海战让颐和园留下王朝背影

猛虎归于深山

才能仰天长啸

鲜花绽放在原野

才会散发诱人的芬芳

园门太狭窄

好景在园外

行在山水间

思在云天外

让我们冲破自造的藩篱

奔向那广阔的空间

卜问崇高

崇高有多高
请你问双脚
因为崇高的海拔
靠双脚丈量

崇高有多高
请你问时空
因为高僧大德的崇高
是木鱼声声中的苦修

崇高有多高
请你问双亲
因为父母的崇高
是让孩子长大
自己变老

崇高有多高
请你问经典
经典的字里行间

写满了崇高

崇高有多高
请你问肖小
因为没有渺小
就没有崇高

崇高有多高
请你问自己
因为站得高
才能行的远

镜　子

历史是一面镜子
镜子中有历史
时间善于遗忘
历史是逝去的时间
遗忘，便成了历史的嫁衣
而真实被葬入了地下，其实
从地下挖出来的未必都是真实
留下了一些装点门面的塑料花
那些以史为镜的人们
依旧欢呼
欢呼那些短命的万寿无疆
依旧抽泣
抽泣那些荒唐的忠臣孝子
以人为镜，镜也观人
我不知道镜子里还是镜子外
哪个是真实的你
镜子独特的你涂抹粉饰
直到千人一面

社会就像　面镜子
人人都呼吁真善美
每天都得应对假大空
在现实与镜子的较量中
镜子,把现实变成了美艳的姑娘
现实,让镜子变成了多面的妖怪
最终,镜子被法官裁定为
假冒伪劣泛滥的真凶

心远斋主呓语

黑的寂静,白的喧嚣

青春的美,老去的衰

"只有文章最久坚"

晨曦泡上一杯茶

神交古人

畅游书海

追老子高远

学孔子正大

修释迦顿悟

拜智慧始祖

境归空,念归淡

心远乃是清凉地

闹市隐居云海边

注:"只有文章最久坚"引自聂绀弩句

不要问时间都去哪了

不要问,时间都去哪了
你在哪,时间就在哪
时间是推杯换盏浇不灭的愁
时间是寒来暑往苦修的经
时间是恋人的小夜曲
时间是勇士的冲锋号
时间与你如影随形
时间与你地老天荒

年轻的时候
时间也年轻得任你挥霍
老去的时候
时间也步履蹒跚
时间很慷慨
大把消费不求回报
时间很吝啬
黄金难买寸光阴
时间是试金石,
分分秒秒时时刻刻

记下耻辱与荣耀
尊重时间就是尊重生命
热爱生命就要珍惜时间
不要问时间都去哪了
你在哪,时间就在哪

怀 旧

怀旧是因为

走得太急

前方的路漫无边际

离开了出生的土地

故乡就成了沉重的话题

风起云散

晴空一片蓝

枫叶红,稻穗黄

空气中洋溢着秋的气息

在这沉甸甸的丰收季节

你不要

不如意

春游香山

人夸香山秋色美
我做阳春三月游
虽无枫叶红满山
却见枯树吐新蕊
碧云古刹谒梓宫
双清亭前思故人
四季轮回由它去
花开花落自风流

秋游颐和园

一座名园半部史
岁月悠悠又一秋
万寿山主难万寿
山珍海味亦枉然
最是人间留不住
昆明湖水葬观堂
莫道慈禧皆骂名
一池清波宜后人

普陀山西望

驶往普陀的船
载着虔诚的心
张张期盼的脸
揣着无数个愿
圣洁的海天
是菩萨的家园
朵朵莲花
结满了善缘
佛管的是来世
客求的是今生
弟子很执着
师傅很空灵
红尘是凡夫的家
佛国是天堂的界
站在普陀山西望
彼岸很远又很近

放下，何妨

拨开荣华富贵的云雾
收敛自命不凡的清高
舒缓怀才不遇的落寞
平复怨天尤人的戾气
是真佛淡定于深山
在红尘外苦修
对信仰的虔诚
不在香的短长
听牧歌晨曲
看云卷云舒
为了追寻海阔天空
放下，何妨

纸上声

在纸上打磨时光
也打磨那渐渐冷却的
神经末梢。

人老话多
可早已离开掌声四起的舞台。
于是,在纸上声。
无人喝彩,无妨
听不听,自便。

更多时间,是在纸上聆听
先哲黄钟大吕
度步田园和小桥流水。

命比纸薄
纸比命长。

思念北方的白杨

思念北方的白杨

杨柳树下想起了
北方的白杨没有
①季节的妖娆
却有先的亲脐
为了把阳光给海边人
北方的白杨
把血在寒风中投进去

平素种
如同枯蒸也有三枝枝
尽远要的
如同的前进去海边情等

思念北方的白杨

棕榈树下想起了
北方的白杨,没有
四季常青的妩媚
却有无私的衷肠
为了把阳光留给路人
北方的白杨
甘愿在寒风中挺立

早春三月
她用新蕊把春天装扮
炎炎夏日
她用绿荫送去阵阵清凉
金秋十月
她用落叶把秋的消息传扬
北方的白杨
如家乡的姑娘
四季有四季的模样
温婉善良大气端庄
这,就是北方的白杨

握别持枪方阵

枪的发明
划出一个新的时代
也锻造出一个个
钢铁方阵
持枪的战士钢枪般挺直
喷射的子弹是炽烈情感
握紧枪的双手像是
把生命托付
从军营到警营
从长枪到短枪
握了一辈子枪的手
今天要与持枪的方阵握别
枪,不舍松开我的手
好像是一遍遍叮咛
别丢了枪的忠贞与坚毅
望着枪我忍住了千言万语
挥挥手向夕阳走去

我与书

书像痴情的恋人
我彻夜无眠与她交谈
书是敦厚的长者
我敞开心扉向她倾诉
迷茫时读书使我找到坐标
烦恼时读书使我静气平心
失落时读书使我激情澎湃
读书让我聆听智者
读书让我神交古人
每本书都是我的至爱亲朋
每本书都是我的人生伴侣

听　雨

雨,想来就来

不论欢迎与否

雨,随云飘来

从不如约而至

雨是苍穹的泪

哭泣人间的悲

雨是银河清泉

滋润干涸大地

雨是生命之源

催发漫野翠绿

雨是滴答时钟

敲击静夜里

听雨人的心房

听雨的人写一首小诗

向雨致敬

伴随着滴答的钟声

在雨中入梦

光荣与期待
——写在建军九十周年之际

一面飘扬了九十年的旗帜
写满了光荣与期待
光荣代表过去
期待决定未来

一面飘扬了九十年的旗帜
唯有你血色如初
血色体现忠贞
血色呼唤男儿

一面飘扬了九十年的旗帜
赢得了人世间无数的赞美
既是胜利者的魂灵
也可能成为不肖子孙的遮羞

一面飘扬了九十年的旗帜
用历史告诉我们
军旗不是展品

军队不是仪仗队
要让对手尊重人民放心
必须重新
淬火

生命的印痕

——纪念建军九十周年战友重聚抒怀

难以找寻昔日模样
无不感叹岁月沧桑
唯一不变的是
生命的印痕
生命的印痕是忠诚
儿女情长置身外
家国情怀入血脉
生命的印痕是服从
腰板直，嗓门高
迈开双腿走人间正道
放开歌喉唱
向前！向前！

满头白发，初衷在怀
一声战友，热泪盈眶
虽已脱掉军装
天南海北的我们
永远抹不掉的是
生命的印痕

清　明

1.

先人把春天的第一个节日
命名为清明
这一天,天地的主调是素色
这一天泪眼婆娑,白花朵朵

这一天
衰草萋萋的松岗上
站满了断肠人
我点燃几页诗稿
化为纸钱灰献给亡灵
亡灵中有我尊敬的师长
亡灵中有我至爱的亲朋

人间山高坑深
地府风雨交加
我感叹那些不屈的生
也尊重那些慷慨的死

早不介意谈论生死
日子过得愈发慵懒
爱与恨,生与死
本是人生的主旋

在金山
白素贞诠释了什么是爱
气吞山河,荡气回肠
那天我梦过奈何桥
钟馗兄正在断案
被告是法海
原告是小青
那负心汉却逍遥法外

这一天我梦见李白醉卧高堂
陪酒的是杨玉环
高力士只配提鞋
那时没有五粮液也无茅台
可浪漫的诗篇胜过美酒佳肴
命不分贵贱
人人都要敬畏

清明这一天

我们重新审视人生
所有的人生
不可能都伟大
所有的死亡
不可能都光荣
唯要问心无愧
唯要坦坦荡荡

我们可以埋葬过去
却无权拒绝未来
不论未来何时到来
让我们笑着去拥抱
因为哲人告诉我们
相信未来

2.

清明在即
我去祭奠父亲和爷爷
可父亲的爷爷和
爷爷的父亲却无人祭奠
因为我不知道
他们是谁
葬在何方

父亲从未提起过他的爷爷
爷爷也从未提过他的父亲

一个家族的历史戛然
那些显赫的家族
自诩名人之某某代孙
从遗传学考证并不成立
小人之泽五世夭折
君子之泽三代同是

岸

你是海的伴侣
与浪花深情的相依
你是船儿的陆地
永远敞开母亲般的怀抱
你是灯塔
把远航的旅途照亮
你是土地
洒下汗水就能收获甘甜的果实
水流再长也要从源头出发
飘落的叶总要去寻找根脉

致选择性健忘患者

生活中你不要总是不满意
找不到发泄对象就埋怨天气
老天爷不在乎人的脸色
你带伞，它不下雨
不拿伞，把你淋成落汤鸡
天地间有烦恼更有美好
白天诅咒暗夜黑
累了也要在寂静的星空下入睡
愿你治愈选择性健忘
把那么多的美好
植入记忆的芯片
让心情带着美好
在理解的空间飞

致友人

小溪在山间流淌
唱着欢快的小调
大海在云水间壮阔
掀起万丈波澜
一生谨小慎微
渴望任性潇洒

百花在竞放中争艳
凋零后去亲吻芬芳泥土
翠竹在风雨中劲节
若作栋梁则不堪大任
设定了一个又一个目标
从少年扑腾到白发苍苍

从不进教堂祷告
从不到庙里烧香
对万物常怀友善慈悲
多想让思想自由飞翔
却让一条链子

锁住了翅膀

长生不老是一厢情愿
生命犹有尽时
无尽欲望是万丈深渊
别纠结所谓养生保健
人生还有
诗和远方

虎园行记

离开长白山脉完达莽原
被圈禁在这城市的边缘
威风凛凛的虎变成豢养的猫
任由嘻嘻哈哈的人们戏弄
是谁让昔日的王者
变成了马戏团的小丑
为了糊口还要去四处打工，
是谁让虎啸变成了
谄媚的喵喵
虎落平川被犬欺的苍凉
在这一刻
涌起

《动物世界》告诉我们

老虎的步伐透着王者的安泰
羚羊的眼神闪着弱者的惊恐
肥硕的斑马抵挡不住狮子的各个击破
脱离了队伍的大象连狼也敢攻击
扬长避短是战胜对手的不二法门
警惕是弱者防御强者的生命盾牌
危险到来之前往往出奇的宁静
死神已慢慢向你靠近
而你还在夕阳下漫步
身形硕大的不一定就是强者
群狼吞象令人目瞪口呆
在对手面前示弱只能任其宰割
奋力反抗才是唯一选择
速度是猎手的弓箭
地形是防御者的城堡
幼子受到攻击温柔的母性会发怒
对领地的侵犯如同对异性的侵占
都是王者不可容忍
饥饿从来都是兽性的发动机
雌性从来都是雄性的荷尔蒙

吉祥的图腾

去掉层层包裹
也不必浓妆艳抹
只那张圆圆的笑脸
就醉了万户千家
你是吉祥的图腾
把天涯海角系于月下
缺了你的餐桌
天上的月儿也无光

广寒宫是有情人的圣殿
人人都有奔月的梦幻
垂爱那玲珑的玉兔
还有美丽的姑娘
我问聪慧的嫦娥
为什么美好的象征是圆的
为什么讨喜的食物是甜的
圆是维系生命的血脉是
会笑的脸和会跳的心

问 海

我问大海
听到了那么多的
感慨与赞叹
可谁理解你的
深情与澎湃

我问大海
你波光粼粼的浪花
像似期待与索取的眼睛
可谁会想到渔夫的
孤独与辛劳

我问大海
你的潮起潮落
你的岁月涛声
哪一波伟大不屈
哪一波渺小无奈

我问大海

轻涛拍岸
落潮无声
近处海市蜃楼
远方春暖花开

守望幸福的绿萝

守望幸福的绿萝

开不出耀眼的花朵
你甘为陪伴鲜花的绿叶
廉价使你倍受冷落
可你却在角落里朝气蓬勃
据说你有净化空气的功效
也无法改变你卑微的地位
不论别人怎么待你
你,还是你
一株从不娇贵的生命之花
一株守望幸福的绿萝

仙人球

你心里一定藏着许多秘密
不然怎么把自己如此包裹
你一生不苟言笑
却有一个诗意的名字
自从与你做了邻居
我才慢慢悟道
浑身长刺是你的外表
敦厚老成才是你的本真

圣索菲亚教堂

我想赞美你的美
因为你的确美
我想诉说你的沉重
因为你的确沉重
锈迹斑斑的十字架
长满绿苔的石阶和
斑驳的墙砖
写满了耻辱与沉重

一百多年了
悠扬的钟声渐渐淡去
只留下一座空荡荡的教堂
向游人讲述陈年往事
贪婪的强盗恶邻
脚踏哥萨克的马蹄
教堂与中东铁路出现在哈尔滨
那些穿着马靴的"老毛子"
喜欢面包香肠也喜欢中国姑娘
比沙俄更凶残的是倭寇

让这片土地十四年日月无光
这座远东最大的教堂
信奉上帝和神道的后裔
却在中国土地上滥杀无辜

圣索菲亚教堂
你见证了强盗的占领和杀戮
你记下了中华民族耻辱蒙羞的历史
你见证了哈尔滨这座年轻城市的
沧桑历史和欧陆风情

正午的教堂沐浴在阳光下
纷飞的鸽群环绕着教堂
清澈绵长的鸽哨响彻在
教堂和城市的天空
圣索菲亚教堂的故事
还在继续

松花江夜话

看不见翩翩的江鸥
听不到唱晚的渔舟
松花江默默无言
默默无言掩饰了波澜
你这黑土子孙的母亲江
心里藏着万语千言
你不愿喋喋不休
而是卷着岁月的沉沙负重前行
松花江有自己的尊严
我们不能为了方便
一次次改变她的习惯
更不能赶尽杀绝她的伙伴
茂密的柳丛是扶持她的腰
广袤的湿地是她喘息的肺
千万别让贪婪和无知
断了腰，伤了肺
松花江啊母亲江
亲爱的母亲啊松花江

松花江晨曦

浓浓的雾让风吹散

远方飘着几朵云彩

蜿蜒的江岸边的柳

与广场的舞同步律动

太阳岛上那若隐若明的垂钓者

路上的车江中的船

鸣响汽笛喇叭

帷幕在曙色中

徐徐拉开

徐徐,拉开

绿的饥渴

路边一株株小草
小草兴奋的像个孩子
看着满屋的电器家具
想象那蓬勃的的绿萝
总是凝视窗外的树
不舍那一片深情的绿
餐桌上的吃食
绿色成了追求和标配
一天见不到绿
就陷入饥渴与焦虑
我不禁大声地问
孕育生命的绿
充满朝气的绿
人类不可或缺的伴侣
何以像翡翠一般
成了饰品,还如此昂贵

迷人的哈尔滨之夏

夏日的哈尔滨风情万种
夏日的中央大街是美女的 T 台
夏日的松花江畔是爱的港湾
夏日碰得叮当响的是 1900 "哈啤
尽显关东小伙的粗犷豪迈
连教堂广场的大妈
跳的都是伦巴

夏日的哈尔滨热情好客
来自南方，青睐你的凉爽
来自北国，流连你的异国风情
归来的游子咬一口蒜味的肠竟流出了泪
迷人的哈尔滨的夏天
一曲《太阳岛上》
竟把南来北往的宾客
融化

致将军

将军
你是闪耀的金星
也是前进的号角
阅兵场上你走在前面
震天的号让我热血贲张
将军
你可知晓
和平只是两场战争间的迷彩
战场才是你锋芒毕露的舞台
在闻不到硝烟的营帐里白头
是将军的悲哀
将军在闻不到硝烟的营帐中白头
是一支军队的悲哀
将军
你不能忘记
你的血脉系着大渡河上的铁索
你的筋骨曾在上甘岭上淬火
你欣慰,八一军旗在祖国大地上
迎风招展

泪　花

心灵怕热
一热就出汗
心灵的汗水
浇灌了满眼的泪花
心灵流血时
淌出来的是泪花
开不出花的心灵
是因为心灵干涸

谦虚的月亮

太阳当空
你悄悄躲在一旁
夜深人静
你露出羞涩的脸庞
面对挤眉弄眼的星星
为了星月辉映
你把圆圆的脸庞遮挡

只要太阳升起你就要落幕
这是你的悲剧也是你的幸运
太多的颂歌唱给了太阳
我却赞美你,谦虚的月亮

主角与配角

在人生的舞台
你是出色的演员
每一次亮相都赢得喝彩
你不愿当配角
总想站在舞台中央
可主角的伟岸难以让你跨越
演了一辈子正剧的人
最后竟以悲剧谢幕
每当走近这个舞台
都令吾辈难以释怀

致故人

你离我很近
我觉得很远
你离我已经年
仿佛就在昨天
我一次次在记忆中想你
现在的你会是什么模样
你还是年轻的你
你还是善良的你
你还是任性的你
或许你满脸沧桑
或许你满身烟火
不论你变成什么模样
我的记忆中永远是你的好
你的依恋曾唤起我的责任
你的希冀曾激励我去奋斗
你的臂膀曾是我停泊的港湾

今天你已远离
我亦老矣

你不再依恋我
我也难再见到你
这是我的失落
也是我的希望
你的美好将在我的记忆中永恒
让永恒的美好
把人世间的污秽阻隔

妈妈的陪嫁

女儿出嫁
妈妈的陪嫁是满头白发
白发是母女相依的证见
白发是娘亲对女儿远行的掛牵

自从有了你
妈妈就丢却了充满理想的自我
把大把的青春年华化作
一滴滴乳汁与汗水
滋养着你那幼小的花蕊

漫漫长夜
每一声啼哭
都把妈妈的心扯动
春夏秋冬
每一张成绩单
都折射着妈妈的忧乐

女儿一天天长大

妈妈还把你在手心里紧攥

妈妈的眼里

女儿永远也没长大

直到有一天

女儿披上了婚纱

妈妈笑出了满脸的泪花

2014 年秋

亲情二题

贺妻六十寿

相夫教子卅余载，
昔日佳人半成仙。
少时举案共齐眉，
老来执手更无间。

独女而立感怀

忽闻老妻慨叹声，
小女已然而立年。
怀中撒娇如咋日，
远离仍觉绕膝前。

海的咏叹

海是一部书
写满酸与甜
三宝下西洋
敢为天下先
甲午海战耻
羞我华夏颜
一湾海峡水
骨肉割两边

海是一幅画
美貌若天仙
蓝色大舞台
海鸥舞蹁跹
海天共一色
船行云水间
无风平如镜
有风浪滔天
海中藏珍宝
岂止有海鲜

海权即主权

马汉①言在先

计算我国土

大陆加海天

疆土九百六

海域三百三

东海保钓岛

南海护礁盘

堂堂我中华

复兴尤可期

题藏程十发先生钟馗图

杜康手中端
宝剑腰间悬
赭杉役神鬼
慈眉慰民安

住　院

住院如入狱，
患病似犯罪。
套上斑马服，
听命医与护。
里里外外查，
等待一刀切。
既觉空间窄，
又觉时间长。
至于判几年，
全凭CT片。
入院与入狱，
也有不同处。
入狱吃白食，
入院须付费。
有啥别有病，
住那别住院。
愿我众亲友，
远离病与灾。

注：人生第六次入院后打油一首，绝非讽刺医护人员

守望幸福的绿萝

漫 步

晨起老子孔子伴读
月下李白杜甫吟诵
烈日当空于林下酣睡
夕阳西下在田园漫步
一群老友胜似竹林七贤
时而浅酌,时而低吟
陶公问我,尔等是
哪路仙人

渤海渔民

一望无垠的海
是你耕耘的田
那艘满帆的船
是你漂泊的家
中秋的月正圆
风儿正柔,鱼儿正肥
满天星斗点燃了不眠的渔火
一张张网撒下了你执着和期盼
鱼儿不怪你无情
风儿正为你鼓劲
远方那些食客和亲人
期待着你,渔舟唱晚

东北望

山海关外是东北

黑龙江在东北之北

曾经的东北

是先民追逐的热土

如今的东北

（在一些人眼中）一地鸡毛

你的广袤造就了豪爽

你的苍凉造就了坚韧

你的原始造就了粗犷

豪爽的不会算计

坚韧的不会讨巧

粗犷的忘记了斤两

从此戴上了"傻大黑粗"的狗皮帽

我不知道应该叫屈？还是叫好

北风的严寒只能吓唬胆小鬼

纬度的高低也无关大脑

黑土盛产土豆也有松柏参天

金戈铁马，雪白血红

红叶满山，银霜遍地

闯关东的先民

抗联的义士

东野的英雄

十万官兵

百万知青

林煤油电

共和国工业的先驱

在这片黑土地上尽显风流

一代代创业

无数次开发

浑厚的黑土

也露出了疲惫

没了林的山

没了煤的矿

遍体鳞伤

面对"东北现象"

人们谈虎色变

其实不必惊慌

更没有理由颓废

祖国的粮仓

是咱的自豪

独有的绿水青山

让 GDP 稍逊风骚

东北的振兴

无须跟着别人后面亦步亦趋
拒绝那些东拉西扯的药方
抛弃那些无济于事的补药
春风不到,杨柳不发
在白山黑水间
让我们重振东北虎威
把原汁原味的东北之北
把卓尔不群的东北之北
呈现给世人
传留给子孙

长城谣

你像一位栉风沐雨的老者
每天都在述说苍凉的故事
你像一座智慧庄严的古刹
每天都在接纳络绎不绝的朝圣
那弯曲的背曾负着一个个王朝兴衰
那残破的墙把一代代人的憧憬寄托
我想讴歌你
耳畔却响起了孟姜女的哀婉哭泣
我想鞭笞你
眼前却闪现出边关将士的篝火与寒衣
你是中华民族的光荣榜
你是泱泱中华的耻辱碑
每位炎黄子孙都饱含长城情
每位华夏儿女心中都藏着
登上长城充好汉的梦想

行驶在高速公路上

高速路上不能倒车
千万别把方向颠倒
路再宽，也有上坡下坡
曲曲折折
关键要把目标设定
踩油门增添动力
点刹车规避风险
悦耳的喇叭是浪漫的表达
唠唠叨叨是讨厌的噪声
在绿灯下尽兴
别忘记红灯的警醒
行稳方能致远
前面的路很长
很长，很长

致外科医生

你像个武士

每天都披挂挥刀

刀指向哪里,哪里都令人不寒而栗

唯有你这把刀

给濒危之人以活下去的希冀

你的对手

是一个个隐藏很深的异类

你的刀法

成就了以局部换全局的战例

你双手沾满了血

换来一声声谢

面对千恩万谢,

你说当一个人向你坦露一切

直至生命的托付,你只能

手到病除,刀下留人

初稿于 2012 年 6 月,修改于 2017 年 6 月

老　家

喝一口黄河的水
嚼一块豫北的馍
寻着一条血脉找到了根
凝视父辈的老屋
跪拜先祖的坟茔
我的心跳的怦怦
老家是什么
是户口本上的籍贯
是父亲的乡音
是红瓤地瓜和道口烧鸡
老家是什么
是树的根
是叶的土
是母亲向孩子敞开的胸襟

博尔特扑倒在百米跑道上

不管你曾经多么辉煌

最后总以失败离场

正是这一场场失败

成就了难以企及的辉煌

正是万众欢呼的辉煌

掩饰了一次次尴尬的失败

你扑倒在百米跑道的一瞬

就像一名老兵扑倒在敌人的堑壕前

无论成功与失败

都是英雄的伙伴

失　忆

一缕轻烟带走了一个时代
只把记忆留在了狭窄的空间
记忆也在一天天腐烂
因为空间有限
记忆一个个相互拥挤
叫走了的留下的都很不安
于是失忆成了常态

呜呼三叹

一声声叫得自然
一声声听得嫣然
年老被冠以"资深"
呜呼，美女遍地
化妆品畅销
美容院火爆
当颜值等于价值
当赝品击败原装
需要整容的是这个社会

先生的称谓显生分
老板的称谓不严肃
师傅的称谓太俗气
同志的称谓早已忘记
呜呼，领导遍地
我们的特色衙门多
衙门口里领导多
最小的也是副科
我们的领导都很敬业

退休了还想发挥余热

领导的夫人是领导的领导

大事小情少不了

呜呼,领导遍地

古老的汉语有无穷的魅力

称谓的背后藏着深意

随着一位大师远行前的急切呼唤

批量产的大师在炒作和自封中登基

真正的大师在象牙塔中苦修

自封的大师在江湖上行走

真正的大师是大海中的航标

炒作的大师是媒体上的流星

大师是人民的"册封"

大师是历史的沉淀

大师是精神的贵族

我们呼唤大师

我们拒绝假冒伪劣

呜呼,大师遍地

朋友,你不要悲伤

朋友,你不要悲伤
黑发抽丝是青春的握别
满头飞雪是老去的告白
岁月是无情的染膏

朋友,你不要悲伤
还有染膏涂不去的青春
还有染膏染不上的衰老
是时光馈赠的一颗年轻的心

龟

爬的很慢却未必是输家

你留下的故事与老子和孔子一样经典

有人诅咒你是没了尊严的男人

有人奉你为庙堂的神明

你从不取悦别人

永远是那副大智若愚的憨态

风之变奏

题记:风,生于地,起于青萍之上

你是帆的恋人
驶向爱的海洋
你是雨的伴侣
亲吻干涸的土地
你为枯萎的草披绿
你把沉睡的生灵唤醒
赤日炎夏有人想你
白雪寒冬有人咒你
无论把你打扮成何等模样
你,还是潇洒的你
居无定所,身无分文
在林中歌,在云中舞
你,还是多情的你
清晨为白发的母亲梳妆
夜晚抚摸着儿女的脸庞入睡
你,还是多愁的你
陪着苍天垂泪

为世间的不平呼号
你，还是任性的你
看似平静的心
一旦怒吼地球也要颤抖
可有时你就是一阵风
谁也占有不了你

武夷山神韵

走进你就走进了天堂

缭绕着云雾坐着大王

大王脚下是瑶池般的九曲溪

蓝蓝的溪水为玉女梳妆

问仙人哪一位是大红袍

仙人奉上一杯茶

浓浓的情淡淡的香

多姿的武夷山美如画

我醉卧画中

不思蜀

爬格子

明明白白
带格子的纸是一张网
偏有鱼儿在那撒欢
明明白白
带格子的纸是空中的阁
偏有鸟儿在那垒窝
明明白白
带格的纸是水中月,镜中花
偏有痴情的姑娘在那放歌
明明白白
带格子的纸是长亭古道
偏有那爬格子的小伙
在那不舍昼夜的白头

快递小哥

车轮飞转，人仍嫌太慢

尽管迎接你的不只是一张张笑脸

也有一声声挑剔和不满

快递小哥，你的名字虽然暖心

却又有几多人在乎他们

烈日冰霜下的苦行

阿里和京东把财富的网越织越密

小哥们在大街小巷中越跑越欢

我不知道

是大咖成就了小哥

还是小哥成就了大咖

保　安

头顶太阳帽显不出高贵

满身汗渍的衣衫抖不出威风

住在叫曼哈顿的院里

也遮不住庄稼汉的底色

唯有那双探头般的眼睛

透出几分职业的

尊严

春夏秋冬,24 小时的放哨站岗

换不来节日问候者的一丝微笑

可你们的存在

每时每刻都在告诫人们

可以忽视小小的保安

却决不可忽视

平安

保洁员

黝黑的面孔是来自土地的颜色
驼下去的背诉说着生活的艰辛
一年四季在楼道里上下奔波
那些高贵业主
抛垃圾时也向他们抛去白眼
生活告诉我们
需要清扫的
绝不仅仅是垃圾

愿那一个个美好留在纸上

笔尖似犁

白纸作田

不需红袖添香

有日月星辰相伴

每日的快乐

是在洁白的纸上划出

一道道沟壑

滴滴墨水如一粒粒种子

播下思考,播下期许

也播下一个个句号和问号

有人问我

早已过了播种的季节

还会有收获吗

不问收获

只享受耕耘的愉悦

夕阳西下

愿那一个个美好留在纸上

生命没有回车键

当走进熊熊火炉那天来时
亲友的牵挂也会随之化为灰烬
不知思念还会伴随故人多久
再浓的情最终也要化为青烟

将来也会有人将我送去燃烧
人生是一次次相聚和告别
低回的哀乐令人不安
我不想再听到哭泣
生命没有回车键
我将带着微笑走向终点

军营情景（组诗）

早　操

划破晨曦的军号
把青春从梦香唤醒
只需三五分钟
"一二三四"便响彻军营
早操是军人的早朝
士兵每天奔跑着
迎接太阳

晚点名

每晚八时
连队列队点名
一次次呼点
把一根根神经绷得紧而又紧
每一年，队列中的名字都在变换
回答始终如一
最后呼点的是连队的光烈

一位战斗英雄的名字
全连山呼海啸般的
回答
到！

唱　歌

军人的歌
不是唱出来的
是喊出来的
喊的声嘶力竭
喊的惊心动魄
好似一台激情四射的摇滚
只是没有怪腔怪调
军人的歌
有悠扬
铿锵是主旋
这歌是冲锋的号角
是砍向敌阵的大刀

会　餐

铁锅盖是盛菜的碟
二大碗是喝酒的杯

比武夺魁是祝酒的词
连长喝红了脸
指导员笑弯了腰
百十个小伙儿
消灭了一头猪、半车菜、二百斤啤酒
如风卷残云

想　家

一年兵想家
二年兵想回家
新兵想家想妈妈
老兵想家想梦中的她
排长想家
既想孩子又想孩子他妈
每个边关的军人都想家
对家的思念和国的忠诚
寄托了男儿的
亲情与奉献

家　信

儿行千里
让家挂牵，也

挂牵着家
远方的信带着亲人的体温
带着故土的香淳
让游子陶醉
战士的信来来回回围着一个主题
报喜
藏忧

盼信和回信
都是甜蜜的时刻
每周一歌
半月谈
男子汉的情感在方寸间
放飞

津 贴

一年兵"六十大毛"
二年兵"七十大毛"
就这,年底还攒下五十大毛
寄回农村老家
那时的部队,针线包是标配
艰苦朴素是对每个士兵的约束
新三年,旧三年

缝缝补补又三年
带补丁的衣服与鞋子
一直穿到改革开放

注:1970 年代初,义务兵津贴六元,戏称六十大毛。

大　铺

一个排睡一个大铺
熄灯号一响
就开始了神仙会
侃大山,讲故事
先听一排长吹家乡的水蜜桃
再听二班长讲村里的姑娘
一会儿咬牙放屁打呼噜
奏起了夜的交响
其中还掺杂着梦呓喃喃
一声声喊着妈妈

探　亲

那时没有微信
也没有"伊妹儿"
边关的万水千山

阻隔不了游子的思念

穿着军装探家

是每个士兵的期盼

接到准假的通知

远行游子的心

早已飞到娘的身旁

出发的早上

我背上了行囊

那里有给爸爸的老酒

还有给妈妈的点心

送行的指导员说：

"带上你的军功章

那是儿子对父母的最好报答

替我们向二老致敬

别忘了按时归队"

我敬礼告别

登上南行列车

汽笛一响

泪眼婆娑

原来

战士心中

藏着两个家

班　长

你的位置在兵头将尾
你的责任是
吃苦在前
操场上
你是一丝不苟的严师
生活中
你是唠唠叨叨的妈妈
一年年过去
一个个战士成了上级
你却还像一只老母鸡
整天护着一群小鸡

荣　誉

崇尚荣誉是军人的灵魂
荣誉写在硝烟浸染的旗帜上
荣誉写在军人坚毅的脸庞
新兵一入伍
就要记"家谱"
我们这支部队
从哪里来
追随过哪位将帅

经过多少激战
出了多少英雄好汉
从那时起
战士每时每刻都在用血和汗
为这支流淌着
红军血脉的部队
增光添彩

遗　书

南方的一场战事
把我们推向北方的前线
披挂上阵的勇士
要给家里写下遗书
没有妻子儿女
几件旧军衣也没有交代的必要
我把遗书寄给了爸爸妈妈
遗书没有告别的悲壮
只有年轻士兵对建功沙场的渴望
数月后我回到家里
见到了"遗书"不禁笑了
爸爸说，你还笑
你妈妈看到这封遗书
整整哭了一夜

守望幸福的绿萝

站　岗

站岗是军人的职责
站岗是士兵的必修
军人每天都在站岗
军人的哨位
在高山,在大海
在闹市,在小巷
警卫的对象
是父老乡亲和可爱的祖国
哨兵的眼睛注视着四面八方
哨兵的钢枪告诉侵略者
你们面对的是
一支不可侵犯的
力量

射　击

我从来就不是一个好射手
总也弄不清准星与缺口的关系
军人打不准枪的尴尬
像庄稼汉把麦子种成了稗子
有人说好射手是子弹喂出来的

有人说
好射手是
天生的
我问过神枪手
百发百中的秘诀
神枪手伸出了
长满茧花的
食指

笑　脸

逢人便递过笑脸

有人笑脸相迎

有人还以警惕的目光

也有人原本端庄的脸

弯成了问号

已习惯了无视与漠然

还有人一脸莫名其妙

笑脸不可轻抛

大辽河入海口

海以波澜壮阔自诩
河以窈窕妩媚清高
波澜壮阔承载着暴风骤雨
窈窕妩媚衬托着小桥流水
久居凡尘难免混浊
潮起潮落激荡汹涌波涛
河在入海口陶醉
海与河相拥于无边
河以海为依归
海有不拒细流之胸襟
尺有短，寸有长
河清海晏只是美好的愿景

苍　蝇

整天折腾得人心烦意乱
逐臭而居把无数病菌布施
万物都可一分为二
唯有你让一切人讨厌
我佩服你
人人喊打，时时诅咒
还是那么潇洒

问学老子

你去哪了
眼前总是现
那牛和一缕青烟
你留下的箴言
是仰止的高山
一遍遍读你
品味大道至简
五千言字字玑珠
一生问学老子
心随圣贤
沉醉经典

诗的遐想

诗有想象的翅膀

带你冲破寂寞的藩篱

诗有激越的火焰

带你重燃暗淡的星光

诗有九转惆怅

带你回到童年的故乡

诗有绵绵的思念

带你跪在双亲膝前

诗有家国天下

让壮志释怀

诗是李白杜甫

有豪情万丈

也有侠骨柔肠

诗是耕读人家

诗是五柳先生的田园

诗是人生的回车键

让你感慨逝去的流年

诗是人生的快进键

让你放胆眺望遥远

温一杯老酒
与挚友在长短句中陶醉
沏一壶清茶
在沉吟中梦回大唐
这是我心中的诗情画意
这是我憧憬的人生节拍

细思忖

细思忖
人生有无尽的烦恼
也有那么的多美好
烦恼如左膀
美好似右臂
左膀右臂挥舞着
让人生向前奔跑

梦回军营

离开部队已经年
一次次梦回军营
那里是我成长的摇篮
那里是我精神的家园
真想再穿上威武的迷彩
真想再嗅嗅战火硝烟

军人是责任与奉献的化身
军人是人民群众的保护神
军人有钢铁意志战斗豪情
军人没有花前月下讨价还价
是承载青春梦想的风帆
是彰显英雄本色的舞台
是枕戈待旦引而不发
是飒爽女儿热血儿男

我祝福你们
亲爱的兄弟姐妹
我羡慕你们

用最美的年华

为万里山河站岗

只要祖国一声令下

排山倒海

气势如虹

小雪大雪又一年

小雪大雪又一年
雪和霜
还是久违的故知
告别了雨季
第一场雪让人格外一震
雪和霜
是久别的一对结发老妹
从方塘跑到水塘
幻时也真扇动羽翼
我期待雪的拥抱
给枯萎的大地
披上洁白的新衣
让每颗魂吹吸牲命的气息
我期待盛美的雪花

小雪大雪又一年

雨和雪

是夏与冬的标配

告别了雨季

第一场雪让人等得心焦

雨和雪

是大自然的一对组合兄妹

你方唱罢我登场

有时也并肩高歌

我期待雪的飘洒

给枯萎的大地

披上洁白的新衣

让万物吮吸生命的乳汁

我期待温柔的雪花

洗去既往的烦恼

让新的一年

风调雨顺

如意吉祥

小雪大雪又一年

在梦中

暗夜中想象张开了翅膀

远方的天籁带我回到了童年

在野草中捉蜻蜓和蚂蚱

虽然衣服缀着补丁

兜里只有妈妈给我的

买一根冰棍的五分钱

满足写在无忧无虑的脸上

第一次收到情书

是入伍的前一天

那个年代

十六岁的我不懂得爱

何况她又是我

从没说过一句话的女孩

到了部队也没给她回信

她的笑脸突然出现在

几十年后我的梦里

角色与程式

那是一个你不愿意演也得演的角色
在那个舞台
你一次次当配角送别人
最终也将被人送别
你有了送别人的体验
也想像着被众星捧月的剧情

你那放大的照片像领袖一般
挂在中央
你从来没有接受过那么多的鲜花
还有专门为你奏响的乐章
你高忱无忧
他们默然肃立
你紧闭双眼
他们一遍遍鞠躬
这是你从没享受过的礼遇
当然这是第一次
也是最后一次

一切都是那么惬意
唯有盖棺的定论让你不满
你的离去本不情愿
悼词却说你死得其所
你想让他们换个辞
可永垂不朽你不配
也做不到永远活在别人心中

唉，人哪
总是扮演身不由己的角色
由生至死都是
程式

一网打尽

没日没夜的你像个蜘蛛

在现实与虚拟的网中攀爬

那里是你栖居的巢穴

那里是你人生的主场

那里有黄金屋

那里有颜如玉

那里也住着打开魔盒的潘多拉

上帝无法阻止自投罗网的人类

未来定义编程

软件吞噬地球

万物皆可互联

将时间与空间

一网打尽

简单与深刻

你的优点是实在
你的缺点是太实在
一位好为人师者的语重心长
我感叹如此深刻而辨证的思想
深刻就是让人百思不得其解
辨证就是让人模棱两可
我不知道
我应该实在,还是不要太实在

流浪猫

回家的路上
总能看到一只流浪猫
灰暗的皮毛挂满污垢
跛着后肢不见神采
唯有那双警惕的眼睛
维系着最后的尊严
在鼠辈面前它那么清高
王者风范与虎同宗
可自打成了宠物
一切都成了既往
被主人遗弃
度日也靠乞讨
达尔文的进化论
给出了另类的回答

海之韵

你好,久违的大海
我聆听你潮起潮落的旋律
我领略你海纳百川的胸襟
我触摸你激情与平静交织的节拍
我见证你前仆后继的不屈
我曾在梦中想你
想海上明月的晚风
想旭日东升的壮阔
站在你的身旁
我感到了沧海一粟的渺小
投入你的怀抱
我忘掉了烦恼和恐慌
我虽已把自己融入了黑土
大海仍是我难以割舍的故园
我愿像智者那般爱山
我愿像仁者那般乐水
把一生融入山水之间

走向蔚蓝

走向蔚蓝
那么熟悉又陌生
你用涛声在述说
生活就像这片海
有豪情也有平静
有潮起翻卷的万丈波澜
也有潮落遗弃的缕缕泥沙
我欲踏着泥沙投入壮阔
滚滚的排浪使我却步不前
眺望着遥远,些许茫然

致警察二首

1.

你肩负如山

因为人命关天

你腰板挺直

因为头顶国徽

你双眼圆睁

因为不想让神圣蒙羞

你从早忙碌到晚

因为千家万户的托付

你总是那么警惕

因为时刻要流血牺牲

你一生兢兢业业，青春无悔

你也得养家糊口，饱尝苦辣酸甜

为了法律尊严，常把至爱亲朋辜负

请理解我的亲爱的兄弟；

请支持我的挚爱的姐妹

我的兄弟姐妹

你们是芸芸众生的保护神

你们是社会安定的最后防线

2.

这是一个令人"讨厌"的职业
你总是说不
说不的人不会讨巧
说不的人很难通融
你总是在剥夺
剥夺了贪婪者的贪婪
剥夺了剥夺生命者的生命
一次次剥夺
怎能不让人忌恨

这是一个令人尴尬的职业
你看似很威风实则很无奈
权力有限,责任无边
有的人对你千恩万谢
有的人对你怨气冲天
需要你时千呼万唤
厌烦你时避之不及
你做到的永远是应该
你没做到的永远是亏欠
你本应是强者
却成了弱势群体中的一员

无尽的委屈只能埋在心里

这是一个神圣的职业
灾难降临时
别人撤离现场
你却冲向前方
别人花前月下
你却沐浴寒风与骄阳
本应去床前照顾年迈的爹娘
你却奔波在巡逻的路上

这是一个难以割舍的职业
尽管也有发财的梦幻
面对父老乡亲那期待的目光
却难以脱下这一身警装
面对罪恶与嚣张
你知道肩上的责任有多重
你知道脚下的路有多长
你不在乎别人说长道短
你不羡慕名流与富贾
你坚守警察的平凡与奉献
你唯一的心愿是
离开人世的那一天
有警徽与红旗相伴

请到北方来赏雪

雪花飘飘的冬天

是北方骄傲的季节

褪去五彩缤纷

归于纯净自然

蕴着诗藏着梦

感谢那聪慧的雪

给我们送来了祥瑞

带我们回到了童年

雪花飘飘的冬天

是北方狂欢的季节

洁白的雪令人陶醉

到处都是欢乐的海洋

北方的姑娘多情大方

北方的人家热气腾腾

盛情的雪带着侠骨柔肠

邀来了天南海北的宾朋

雪花飘飘的冬天

是北方迷人的季节
十月飞雪,六月雪飘
正月十五雪打灯
晶莹洁白的雪啊
对黑土地总是那么眷顾
到了高纬度的北方才知晓
冰天雪地是如此奇妙

经历了风雪严冬
才珍惜春光与艳阳
感谢那痴情的雪
化作一页页白纸
期待有情人去书写
浪漫的诗行
来吧,朋友
请到北方赏雪

半为江山半美人

美人的美难以描摹
你让女儿惊心
你让男儿动魄
文人骚客穷尽了辞藻
有了沉鱼落雁
有了闭月羞花
历史演绎了一幕幕
薄命的红颜化为祸水的
故事

唐诗宋词书不完激情浪漫
四大名著道不尽英雄悲欢
南腔北调唱不停才子佳人
那二十四史
竟是一部爱江山也爱美人的
传奇

三十六计
唯有美人计屡试不爽

十八般兵器

唯有柔情所向披靡

美人可略输文采

不可稍逊风骚

我惑问

宦海中的美人有没有真情

那些要美人不要江山的一代君王

那些为美人怒发冲冠的布衣豪强

出于真情亦或占有

把女人当作武器是社会的病态

把祸水归于红颜是历史的误判

出水的芙蓉高洁于尘世的污浊

不论你是一介布衣还是黄袍加身

都不能无视女性的尊严

夜深沉

夜深沉，人静悄
送君几片愁绪
寂寞一窗月光
夜深沉，无喧嚣
与君品茗焚香
感叹太空辽阔
夜深沉，细思量
送君一杯忘情水
淡看潮起潮落

夜深沉，越千年
送君圣贤经典
心神同与古人相交
夜深沉，入梦乡
送君一首安眠曲
醒来依然灿烂阳光

轻信是生命的蒙汗药

晚霞是太阳的挽歌

落潮是大海的忏悔

新生是死亡的感恩

不朽是腐烂的涅槃

冠冕堂皇慷慨激昂

所有的美好都期盼永远

所有的永远都是瞬间

（此处省略一百字）

轻信是生命的蒙汗药

绽　放

雄浑的旋律让我充盈

淡淡的幽香让我痴迷

跳动的节拍让我昂扬

悠远的回响让我陶醉

你把我的灵魂唤醒

在既往的路上减速转弯

让沉浸在心底的蓓蕾绽放

我打开了尘封的普洱

捧出温润的紫砂

在夕阳下自斟自饮

为晚霞书写分行的歌

此起彼伏之间

我想走近你
可天天见面的
只是表情和包装过的话语
你总让人琢磨不定
在梦中感受到的也只是朦胧
除非标本
那只没有了生命的图腾
凝固的表情,脱去了包装
离开了红色的浸润
你就像一朵枯萎的花
那一次次律动
源于血与火的供奉
奥秘就藏在
此起彼伏之间

留　白

长调之悠远
短歌之铿锵
若韵致
最是绕梁的余音

文字魅力
诗歌高雅
不在一泻千里
而尽在不言中

无论一念之时
还是方寸之间
时空之宽阔
尽在留白

大　哥

你走了多年
手机号还保存在我的通信录里
每次见到那一串熟悉的数字
都想同你攀谈
我们聚少离多
你在老家陪伴父母
我在外面四处奔波
你希望我多关心家人
我希望你多理解我
难忘兄弟间的彻夜不眠
也饱含血浓于水的手足情
少年的你风流倜傥
成年的你与机遇一次次揖手擦肩
从你的身上我看到了无奈与不甘
你走的早了些
才一个甲子
可你挂满肿瘤的五脏
浓缩了满腹的酸甜苦辣
每个人生都是自己的选择

说是选择,也有无可奈何

人的一生结局天定

不论怎么折腾

无论成功还是失败

最终的一切都凝聚在那个小匣子里

人生不可复制

人生短暂多舛

不可复制的人生叫人念及

短暂多舛的人生

更需倍加珍惜

谢谢你手机

我们结缘在二十年前

那时用你把声音传递

你就像大千世界

握着你无限的可能尽在指尖

摇一摇，把旧友新朋呼唤

扫一扫，阿里巴巴大门打开

饿了你送佳肴

远行你是携程你是淘宝和拼多多

老马识途也不如高德

里面有美女也有魔鬼

有鸡汤也有阴谋

识别不需火眼金睛

只要一颗平常的心

不想圈粉也少了愤青

只想做个吃瓜群众

静观世态炎凉，

时而发发感慨

怀念追梦的时光

已知回不到从前

虽已老眼昏花步履蹒跚

有你带着我漫游

大脑与步伐不敢停歇

你收藏着我的过去

也告诉我那么多的未知

远离庙堂,隐居市井

现实世界门可罗雀

虚拟空间恣意潇洒

是你捆绑了我的情感与余生

我把情感和余生托付给你

我真的感谢你

你与书和发妻

是我须臾不可分的

终身伴侣

元　旦

新年从元旦开始
总是说
这一年具有历史意义
那一年是关键之年
意义和关键的证明
要等若干年
意义和关键不是事先的预知
而是历史的昭告
新的一年从元旦开始
愿从这一天起充满欢笑

夜过三亚河

人们都涌向了大海
你显得有些落寞
大海自视高远
眼里只有天空
你从不计较海的轻慢
奉献的脚步从不停歇
对海的赞美如潮水
我愿给你唱支小夜曲
歌中我问海
你从何而来

古　镇

古镇,老街,月下
一对踟蹰相扶的老夫妻
诠释了爱的真谛
爱是海誓山盟的相依
爱是钻戒婚纱的白头

天生我材

天生我材
必有用
唐诗三百惟有此句
最豪迈
羡慕李白敢如此狂言
狂似九重天上揽明月
狂似飞流直下三千尺

天生我材必有用
是平交王侯的期待
自诩手持一杖菊
调笑三千石的谪仙
出将入相
其实也是官迷

诗词歌赋
一生追求
只是遁世俯视窠臼的业余
只是一杯复一杯的遣兴

不敢想象诗坛没了诗仙

会是怎样一幅景象

桀骜不驯怀才不遇

诗坛多了一个潇洒的饮者

庙堂少了一个寂寞的政客

于是有了

天生我材必有用的

千古一叹

我的珍藏

我珍藏一片枫叶
在心中种下秋的森林
那多彩的风姿
那醉人的晨曦
那静静的幽深

我珍藏一只贝壳
眼前总有海的波澜
那难以描摹的梦幻
那永不停息的律动
那默默守候的忠贞

我珍藏一颗星辰
把浩瀚的太空揽入怀中
那别离的喧嚣
那寂寥的遥远
那时有时无的天籁

我珍藏一首情歌

扬起爱的风帆
那心灵的港湾
那疲惫依偎的臂膀
那温柔流淌的节拍

我珍藏一壶老酒
陶醉于天长地久
那谆谆的叮咛
那款款的浅酌
那被点燃的火热

我的每一件珍藏
都埋着一份挚爱

南海三沙

一个朝圣者
从雪国来到三沙
站在石岛
在南中国海的制高点上
向飘扬的五星红旗膜拜

想采撷一束浪花
浪花推着万顷波涛
想亲吻脚下的礁石
礁石与国土水乳相融
想牵手远方的渔舟
渔舟是大陆与海洋的使者
想叩问美丽的鹦鹉螺
鹦鹉螺是历史的见证
想化做一粒无私的白沙
无私的白沙与三沙军民默默坚守在
大海之南,南海之南

朝圣者是一名花甲老兵

多少年来耿耿于怀

让人想起中国军人的难以释怀

朝圣者是一名花甲老兵

面朝大海，头顶蓝天

任想象融入海的宏阔波澜

任心弦追逐巨浪拍打

任心声潮涌般喊出一声声

大海之南，南海之南

永兴岛的白沙

踏上永兴岛
最耀眼的是炫目的白沙
白沙有高贵的血统
那是珊瑚与贝壳的结晶
白沙有坚贞的品格
一任风吹浪打
白沙像忠诚的战士
值守在祖国万里海疆
我多么羡慕白沙
日日聆听波涛的欢唱
我多想化作白沙
日夜仰望浩瀚的海空

最美的石刻

浪迹天涯的
文人墨客
在古刹名山
留下无数石刻
有醒世恒言
也有无病呻吟
在南海海拔最高的石岛
我在礁石上看到
"祖国万岁"
那是一位守岛 16 年的老兵
退伍这一年
任凭海风烈日
一人一斧一锤的刻凿
字字千钧
刻上儿女对母亲的深情祝愿
朴拙遒劲
凿出老兵对海岛的无限眷恋

石刻没有留下姓名

也不知老兵现在何方
每位登岛者
都会与石刻留影
这是中华儿女的共同心声
这是向守岛士兵的崇高致敬

猴子的哲学

——陵水南湾猴岛行

老迈的猕猴

坐在达尔文的书上

捧着古猿的头盖骨

百思不得其解

人从种群到欲望

不断膨胀

我们缘何成了濒临灭绝的

保护对象

明明是猴的领地

却成了人的乐园

上蹿下跳的猴子

在贪婪的导演下

沦为赚钱的工具

一只戴博士帽的小猴喃喃自语

人为什么这么"谦虚"

明明脑洞大开

却说我们"猴精"

有只体形健硕的猴

被打入铁笼

罪名是流氓

据说与猴王的情人有染

流氓猴委屈的眼神

仿佛在问

南湾王国是一夫多妻

自由恋爱你搞得

我为何搞不得

殊不知

礼不下庶人

刑不上大夫

同样是猕猴王国的潜规则

人类最危险的敌人不是动物

动物最危险的敌人却是人类

野性的动物正在赶尽杀绝

保护的动物却成了宠物

无 题

登高方能望远

未必站在世界之巅

一双鼠目也只有寸光

失明的左丘居穷乡僻壤

仍写出《左传》《国语》

那么多的文人墨客居庙堂

只能歌功颂德

从心灵鸡汤中读到的是

无病呻吟

真境界是风骨与

思想之高远

欲言又止

生活中有太多的欲言又止
戒律与顾虑容不得随心所欲
没有人想你的良苦用心
判断好恶仅凭"关键词"
于是察言观色
于是一个腔调
多想敞开心扉
多想畅所欲言
景仰宁鸣而死
不默而生的前辈
那一切已成既往
于是鹦鹉学舌
于是鸦雀无声

等　待

万籁俱寂时静静思索

这一生有多少回

刻骨铭心的等待

等待是一张白纸

写了希望也写了失望

无果的等待

留下泪水与无奈

成功的等待

把韬光养晦的故事传扬

生命是一场由生向死的等待

一路欢歌，一路悲怆

等待的味道五味杂陈

有大江东去的感伤

有柳暗花明的欢畅

等待的风景

有这山望那山的沟壑

有高潮迭起的间歇

等待是失望中的希望

等待是无奈接着无奈的选择

等待似一曲古老秦腔
是生命长歌的韵律与节拍
虽不铿锵却余音袅袅

等待告诉我们
一往无前固然精彩
坚忍耐烦尤为可贵
无论活着还是死去

青藏高原断想

1.

一位哲人说

不到长城非好汉

借助哲人的句式

我要说

不到世界屋脊

也算不得好汉

我曾梦游

拉萨城里的布达拉宫

也曾登顶

8848 的珠穆朗玛

渴望收藏

承载亿万年

沧海桑田的化石

渴望破译

古老民族

生生不息的密宗

2.

青藏高原的神奇
写在座座雪峰
写在幢幢庙宇
写在了赭衣僧侣和
披袍藏胞的脸上
那一座座雪峰
那一幢幢庙宇
那一张张超然的脸
我蜘躅于八角街上
想起一曲"高原红"

3.

在大昭寺长叩不起的兄弟姐妹
我不忍把红尘的履痕
留在雪莲般纯洁的山峦之上
只是揣着感动
欣赏那莽莽雪原上的旭日
只是带着醉意
聆听那悠远而厚重的法号

4.

每个人心中都有一片高原
每个民族都有一座安放灵魂的圣殿
尊重自然就是尊重生命
尊重他人就是尊重自己
感谢你神奇的青藏高原
为人类留下了一片净土
感谢你亲爱的兄弟姐妹
让我躁动的心
在雪域高原得到洗礼

走近太庙

毗邻故宫你显得那么孤寂
可我喜欢清幽
一次次走近你
把陈年往事钩沉
穿行于千年古柏之间
漫步于琉璃飞檐之下
试问昔日帝王宫娥安在
君王企盼家国万世江山永固
祖宗庇护挡不住浩荡潮流
一代代王朝
只空留几许木牌
一座庙宇
天下乃天下人之天下
江山乃无私之江山
历史一遍遍提醒
香火缭绕时想着辞庙那日
颂歌盈耳还有一首叫别离

不枉这一生一世

一匹伏枥的老马
睁着忧郁的眼睛
熟悉而陌生的目光
回望芸芸苍生

在记忆中找寻
逝去的流年
在潮流中回溯
驰骋的疆场

既往的辉煌
早已楔入年轮
可期的远方
等待新的扬鞭

身越瘦,骨越硬
发虽白,乃识途
虽已日渐老去
壮心依旧不已

不甘命运摆布
不论他人评说
纵然飞蛾扑火也
不枉这一生一世

耳顺之殇

人过六旬方才耳顺
是可喜或是可悲
君不见满头白发
耳听什么眼见什么
已无关宏旨
可能有人恭维你鹤发童颜
可能有人吹捧你宝刀不老
也可能有人请你发挥余热
更多的人离你远去
还有人咒你浪费粮食
无论出于何意
且当风吹过耳
其实你已步入老年
其实你已力不从心
人走茶凉地义天经
退休添乱为人不齿
耳顺还需心静
前提是少管闲事
过去的永远过去

没得到也不会再来
莫忘古训寿则多辱
当年之勇已成昔日黄花
古稀之前自在潇洒
古稀之后顺其自然
人有尊严马有鬃
切莫苟且余生

老腔老调

老腔老调
你是甲骨钟鼎编织的音符
你是伯牙子期弹奏的节拍
你是百家姓千字文的启蒙
你是四书五经的皓首
你是兵马俑无声的呐喊
你是少林古刹的千年回声
你是水墨丹青的留白
你是诸子百家绕梁的余音
你是杜甫悲天悯人写下的诗篇
你是东坡月下浪漫的问天
你是二十四节气的律动
你是子鼠丑牛十二生肖
你是古树的茶、老坛的酒
你是夕阳下的西皮与二黄
你是小桥流水人家的摇篮曲
你是大漠孤烟的边关吟
你是茫茫荒原战马的嘶鸣
你是滚滚长江波涛的咆哮

你是承载着痛苦与酸楚的黄河谣
你是凝聚着智慧与力量的长城砖

老腔老调
你是父亲的叮咛
你是母亲的唠叨
你是磨剪子锵菜刀的吆喝
你是游子回乡的路标

老腔老调
你拒绝无病呻吟
你不必声嘶力竭
一曲荡气回肠
一曲悠远绵长

三八节寄语

给你一个微笑
你付出了一生的爱
送你一片云朵
你还我满天彩霞
少了半边
天就塌了
须眉仰仗巾帼昂扬
温柔让人类永恒
献给你的花
太多太多
我写一首小诗
祝福我的姐妹同胞

一年复一年

题记:来不可遏,时不可止——《庄子·秋水》

年来了
又走了
年是一年一次
年是一生一世
可笑那一个又一个
曾经的期盼
得到的未必如意
失去了贵为珍宝
最后,纵情的水自然而然

年走了
还会回来
回来的已不是从前
回忆雪泥鸿痕
何必计较失与得
似水的流年不堪重负
蓬勃的生命源于泥土的芬芳

融入长空大地

方得始终

让大目标小目标统统见鬼

咱们看咱们的风景

咱们过咱们的日子

一切都是开始

一切都会过去

一年复一年

一日复一日

天安门广场

我感慨你的沧桑
你的沧桑涤荡千年云烟
是甲骨青铜碧瓦红墙

我惊叹你的宽广
你的宽广是神州大地的宽广
960万平方公里从这里丈量

我敬重你的神圣
你的神圣是千百万仁人志士的鲜血
英雄纪念碑擎起万里苍穹

我致敬你的尊严
你的尊严是人民共和国的尊严
五星红旗每天从这里迎接朝阳

我理解你的思念
你的思念是历史和人民的思念
烈士的英魂在这里长眠

我探寻你波澜壮阔的的往事
往事化作党史军史国史
令人感慨唏嘘激情昂扬

伟大祖国的心脏
你的儿女
从天南地北向这里聚集
又从这里走向四面八方
天南地北都随你一起脉动

衷心祝福你
天安门广场
我心中的圣地
愿你如泰山坚如磐石
愿你像黄河浪涛澎湃

钓　者

长杆像一只蚕
吐出一丝思绪
汇入暮色苍茫
诱饵诱的是鱼
还是似水流年
钓者钓的是心
还是万里江山
可问袁项城
大钓者无钩

石头的道理

没有印刷术的先秦

刀刻斧凿了《论语》《道德经》

没有照相术的唐宋

长短句式诗行

为壮丽山河立传

为悲欢离合传情

一个老人聊天

写就春天传奇

告诉我们石头的道理

小诗一束

春风,残雪

春风眷恋着南岸
残雪依偎在北凹

他来了

他不来
你找出千种理由
他来了
你的笑
告诉了我们一切

空

这扇门
进去了
不想再出去
出去了

不想再回来
门牌号是
空

日　子

一天似一天
一天似一年的
日子

白条鸡

一只被拔光毛的鸡
摆在雪地上沽价
一只只手
拎起来又
丢下去

想

不说不等于不想
说,唾液四溅
想,浸入骨髓

远　观

抽干了油的井架
被冷落在残垣
远观
仍高大

圈　套

一流的猎手
射出的
不是子弹而是
圈套

味　道

每个城市
都有一种味道
有的总在沸腾
似火锅
有的淡淡的味道
在记忆中

不　说

这个城市
谁也没忘记他
可谁也不说出
他的名字

吃　饭

吃饭为了活着是真理
活着为了吃饭被嘲笑
其实活着必须吃饭
吃饭是活着的主题
砸饭碗和挖祖坟一样
大逆不道

冬

北纬 43 度
春
夏
秋
来去匆匆
只有冬

把爱深深埋入黑土

问　春

问秋
可观一叶
问春
待到深秋

世界是谁的

世界是谁的？
是你的
也是我的
这话由你说
是自豪,也是承让
这话由我言
是希望,也有不甘
多少年前
那位湖湘老人
早把道理讲的
字正腔圆

你希望地球转的快些
那是攥着大把的岁月
我恨不得捺住钟摆
那是听见了远方的召唤

不必计较世界
姓什名谁

在她面前我们都是晚辈
不必刻意你多我少
大千世界谁也不能私藏

是的,深秋已无初春的妩媚
是的,夕阳也不似旭日那般灿烂
可落叶如灰也要融入土地
余晖一抹也要燃烬光和热

不论蹒跚少年
还是白发苍苍
不论站着
还是倒下
这个世界都是
我们爱的
家园

留下一片幽香

我的胸阔
抱不住泰山
只想在崎岖的小路
留下浅浅的履痕

我的双眼
望不断飞雁
只想在万里蓝天
留下真情的一瞥

我的炽热
溶不化石头
只想在母亲的土地
留下不磨的挚爱

我的歌唱
没有迴音
只想在远方的空谷
留下一片幽香